L'éternité du Milliardaire

Un roman captivant qui explore les complexités d'un mariage de conte de fées qui se transforme en un cauchemar potentiel

Père Lolo

L'ÉTERNITÉ DU MILLIARDAIRE

First edition. May 18, 2024.

ISBN: 979-8224622153

Written by Père Lolo.

Also by Père Lolo

Échos de passion
Une épouse pour un milliardaire
Le Passager Clandestin
Mauvais avec l'amour
Steve du Nouvel An
Ma Violente Valentine
La Déesse de l'île
Réclamer sa Propriété
3 fois plus de chaleur
3 fois plus de chaleur
Jaune
L'éternité du Milliardaire
Attendre pour toujours
Celui qui s'est enfui
La Caresse du Milliardaire

"L'éternité du Milliardaire" est un roman captivant qui explore les complexités d'un mariage de conte de fées qui se transforme en un cauchemar potentiel. Le lecteur est plongé dans le monde de Leila, la fiancée de Jacob, un milliardaire, alors qu'elle navigue dans les complexités de la planification de leur mariage. Alicia, la mère de Jacob, récemment sortie de l'hôpital, est déterminée à faire de leur mariage un événement extravagant, engageant même un célèbre organisateur de mariage, Lindy Alistair.

Alors que Leila lutte contre ses propres insécurités et le désir d'Alicia d'avoir un mariage de conte de fées, la pression s'intensifie et menace de faire éclater la bulle de leur bonheur. L'extrait révèle une dynamique complexe entre les personnages, laissant les lecteurs intrigués par la façon dont cette histoire se déroulera.

Le mariage sera-t-il un événement féerique ou un désastre cauchemardesque ?

Avoir la chance de conduire le « bébé » de Jacob aurait dû être une occasion mémorable. J'étais tombé amoureux de la Maserati dès que je l'avais vue. Avec ses lignes douces, ses contours et un moteur que l'on pouvait sentir vibrer sur tout son corps, j'ai souvent imaginé ce que ça ferait d'enrouler mes mains autour du volant. Sentir le vent fouetter mes cheveux alors que j'enflammais l'asphalte.

Au lieu de cela, lorsqu'il m'a remis ses clés et a choisi de conduire ma Sonate, tout ce que j'ai ressenti était une méfiance douloureuse. Apparemment, Alicia Whitmore « ne faisait pas de voitures de sport ». Elle avait l'air encore moins ravie de monter dans ma berline.

J'ai regardé Jacob installer sa mère sur le siège passager puis se glisser derrière le volant. J'ai pris quelques respirations et j'ai démarré la Maserati, suivant leur voiture jusqu'à l'hôtel d'Alicia.

Avant que vous pensiez que je suis le pire, j'ai été ravi lorsqu'elle s'est rapidement rétablie. Le médecin a déclaré qu'elle était pratiquement à cent pour cent et a donné le feu vert à sa sortie de l'hôpital. Je n'aurais pas pu être plus heureux – à la fois pour la décence humaine et pour des raisons égoïstes. Égoïstement parce que cela signifiait que Jacob pouvait passer plus de temps à la maison qu'à l'hôpital. Et j'avais de la compassion pour cette femme et j'étais vraiment heureux qu'elle se soit rétablie après sa crise cardiaque et qu'elle se porte assez bien pour être libérée.

Cela ne changeait rien au fait que j'avais une sensation troublante au fond de mon ventre. Son état de santé impeccable signifiait également qu'elle se portait suffisamment bien pour tenir sa promesse de nous offrir, à moi et à Jacob, « le meilleur mariage depuis l'affaire royale ».

Nos définitions du « meilleur » différaient. Le mien n'était pas assez prestigieux pour être inscrit dans les livres d'histoire. Je voulais juste quelque chose de petit et de mémorable parce que cela se concentrait sur moi et Jacob. Le concept d'Alicia faisait appel à une armée de personnes. D'après ses grondements alors qu'elle ignorait les appels des médecins à y aller doucement tout en branchant son Mac, elle allait résoudre la crise économique nationale avec notre seule cérémonie.

Elle a embauché Lindy Alistair, l'une des organisatrices de mariage les plus prolifiques (et les plus chères) des États-Unis, qui correspondait férocement avec Alicia depuis qu'elle avait payé ses honoraires monstrueux. J'ai dû sourire et supporter cela lors des conférences téléphoniques, hochant la tête avec hésitation alors qu'ils proposaient le concept du mariage. Un concept auquel j'essayais d'échapper depuis que Jacob et moi avons commencé à sortir ensemble :

Une histoire de Cendrillon.

La seule chose sur laquelle nous étions convenus était que nous ne voulions pas que cela se déroule dans une église. Ils avaient décidé de le faire à Greenwald Gardens, une maison victorienne historique située juste à l'extérieur de la ville avec des hectares de paysages verdoyants et des statues de marbre qui criaient à l'argent. Lindy l'a qualifié de « délicieusement luxueux ».

Je n'avais vu que des photos en ligne et je détestais ça.

Alors que nous avancions dans la rue animée, en direction de l'hôtel d'Alicia, je me suis donné un coup de pied. Pas littéralement, mais mentalement, j'étais meurtri de la tête aux pieds. À chaque sourire, à chaque signe de tête, à chaque mensonge, je m'enfonçais plus profondément dans un trou, étouffé par le regret. Je redoutais mon propre mariage. C'était censé être le jour le plus beau de ma vie et je me démenais pour choisir une date afin de pouvoir lancer un compte à rebours jusqu'à la fin.

"Qu'est-ce qui ne va pas?" Dis-je à voix haute, la réprimande résonnant dans la voiture vide. Je n'ai pas pris la peine de répondre parce que ce serait un peu étrange d'avoir une conversation avec moi-même et aussi parce que je connaissais la réponse. Jacob valait des milliards de dollars. Petit et simple ne faisait pas partie de son dictionnaire. Tous les regards étaient tournés vers nous, tout le monde et leur maman affirmaient déjà verbalement qu'il avait déclassé en me choisissant. Si nous n'avions pas eu l'énorme affaire à laquelle tous les magazines et émissions de potins faisaient allusion, complétant le récit de Cendrillon qu'ils avaient créé...

Ils ? Eux? Pourquoi écoutes-tu tout le monde sauf toi ? Et Jacob ? C'est ton mariage, non ?

Mais ce n'était pas tout à fait vrai. Jacob était une personnalité publique. Et en tant que fiancée, sa future épouse, moi aussi. Cela signifiait que, que cela me plaise ou non, le public plaçait ses espoirs et ses rêves sur nous. C'était le prix de la gloire.

Nous nous sommes garés dans le service de voiturier devant l'hôtel d'Alicia et j'ai presque ri alors que les voituriers se balançaient pratiquement à coups de pierre, de papier et de ciseaux pour avoir la chance de conduire la Maserati. J'ai ouvert la porte et leur ai remis les clés, une infime partie de moi ennuyée de ne pas avoir apprécié la seule et unique fois où Jacob me laisserait conduire.

J'ai à peine eu le temps de m'attarder sur ce moment de tristesse car Alicia rayonnait, me tendant son coude. Comme si nous étions de vieux amis sur le point de partir en balade amicale.

Mes yeux se tournèrent vers Jacob et il m'envoya un ordre silencieux.

Se comporter.

Je lui ai pris le bras avec un sourire et j'ai regardé Jacob par-dessus sa tête.

Nous sommes entrés et le concierge nous attendait, une fille pétillante qui n'avait même pas l'air assez vieille pour occuper un tel travail, avec des cheveux blonds et un accent de Valley Girl.

"Mme Whitmore, j'ai fait ce que vous m'avez demandé et j'ai laissé les photographes campés m'entendre dire que vous resteriez avec votre fils." Elle était pratiquement étourdie d'excitation. "Ils sont partis presque immédiatement!"

J'ai jeté un coup d'œil à Alicia qui souriait d'un air complice avec la jeune femme. "Merci, Dalila." Elle m'a regardé et m'a fait un clin d'œil à ma surprise. "Ce n'est pas ma première fois au rodéo, chérie."

Il était logique qu'elle connaisse le vieil appât et change de jeu. Au sommet de sa renommée, Carlton Whitmore était sûr d'avoir été harcelé par des photographes, lui et sa famille. Je n'étais connu que comme une extension de Jacob et maintenant que nous étions fiancés, je pouvais à peine prendre une tasse de café en paix. Pour avoir une certaine intimité, un sentiment de normalité,il fallait faire preuve de créativité.

Plus que surpris, j'ai été impressionné par le fait qu'elle ait réfléchi à l'avance et trouvé une solution avec le personnel de l'hôtel. Sa mauvaise direction était géniale et nous n'avons pas eu à gérer des caméras clignotantes en plus de tout le reste.

Je me suis arrêté dans le hall, attendant Jacob.

Alicia secoua la tête, son carré de sel et de poivre bruissant. "Nous pouvons monter à l'appartement. Lindy attend."

Mes yeux étaient exorbités. "Quoi?"

"Il y a tellement de choses à faire", a-t-elle expliqué en me traînant vers l'ascenseur. "Si vous voulez que la cérémonie se déroule le plus tôt possible, comme vous l'avez souligné à plusieurs reprises, il faut tout mettre en mouvement."

Dites simplement la vérité ! "Euh..." Je me suis creusé l'esprit pour trouver quelque chose, pas sûr qu'elle puisse gérer la vérité. Elle venait d'être hospitalisée pour des raisons de merde. "Devrais-tu faire quelque chose de fatigant ?"

Elle m'a jeté un coup d'œil avant d'appuyer sur le bouton de son étage. "C'est une planification de mariage, pas un 5K."

La musique classique se répandait dans le silence alors que je me tenais là, paniqué en silence. J'étais content que l'ascenseur ne s'arrête pas pour les autres passagers parce que j'étais presque sûr que j'exploserais si je devais bouger d'un pouce.

C'était trop. Je devais dire quelque chose, sinon il serait vraiment trop tard.

Les portes se sont ouvertes et je n'ai pas réalisé que j'étais toujours debout dans l'ascenseur jusqu'à ce qu'elle prononce mon nom.

"Leïla ?"

J'ai cligné des yeux et Alicia était devant moi, l'inquiétude dans ses yeux gris.

Les portes ont commencé à se fermer alors j'ai appuyé sur le bouton d'ouverture de la porte, puis j'ai souhaité ne pas l'avoir fait.

"Est-ce que tout va bien?" Son nom a retenti et la vérité que j'étais sur le point de révéler était inutile. Elle avait déjà parcouru le couloir avant que je puisse dire « Non ».

J'ai soupiré et je l'ai suivie, voyant enfin Lindy Alistair en chair et en os. Elle semblait beaucoup plus jeune que Macy Scott, tant physiquement que comportementale. Elle avait de longs cheveux noir de jais, à l'exception d'une frange émoussée qui lui coupait le front. Alors que la plupart cacheraient leurs taches de rousseur derrière un fond de teint et un correcteur, elle portait fièrement les siennes. Les taches parsemaient une joue avant de s'étendre sur l'arête de son nez boutonné et de se répandre sur l'autre joue. De grands yeux bleus étaient encadrés de cils sombres et épais. J'ai été surpris par sa tenue décontractée, son corps mince vêtu d'une chemise à carreaux surdimensionnée, d'un short en jean et de sandales de gladiateur. Elle avait l'air prête à rencontrer un ami pour prendre un café, sans discuter du mariage du siècle. Et debout dans le hall de l'hôtel chic d'Alicia, elle avait l'air carrément démodée.

Elle tendit la main, ses ongles rose bubblegum scintillant. "C'est un plaisir de te rencontrer enfin, Leila !"

Je lui ai serré la main avec précaution et je me suis tenu maladroitement alors qu'elle et Alicia s'étreignaient comme si elles étaient les meilleures amies.

"Et toi," dit-elle, tenant Alicia à bout de bras, l'inquiétude assombrissant son visage. "Est-ce que tu vas bien ? Nous aurions tout à fait pu faire ça après votre installation.

Alicia a sorti sa clé de sa pochette et

nous nous sommes déversés dans sa suite. "Ne sois pas stupide. Merci de nous avoir rencontrés, Lin."

"Bien sûr," répondit Lindy en tirant sur son bracelet. "Je suis toujours un peu choqué que tu veuilles me voir si peu de temps après avoir quitté l'hôpital."

Alicia a agité la main, rejetant la déclaration. "Je ne suis pas invalide. Et nous avons beaucoup de chemin à parcourir si nous voulons les faire avancer dans l'allée dans trois semaines."

"Trois semaines ?" » sifflai-je en me serrant la poitrine. Les crises cardiaques n'étaient pas contagieuses, mais bon sang si je n'en ressentais pas tous les symptômes. La pression me serra la poitrine. La nausée s'est installée dans mon estomac et l'envie de vomir était irrésistible. Je n'arrivais pas à reprendre mon souffle et mon cœur cognait dans ma poitrine.

Lindy a lentement pris en compte ma réaction avant de se retourner vers Alicia. « J'avais l'impression que la mariée était au courant de la date ?

Alicia se dirigea vers le bar avec évier. "Elle a dit le plus tôt possible. À moins de Vegas ou de fuite, c'est le plus tôt possible."

Elle avait raison, je l'avais dit dès que possible et même si, en plaisantant, une infime partie de moi voulait juste continuer, honnêtement, je pensais que j'aurais assez de temps pour m'en sortir. Trois semaines ont annulé cette option.

Je tirai sur le devant de mon chemisier, la chaleur me frappant par vagues tandis que la sueur coulait le long de ma colonne vertébrale. Lindy avait l'air vraiment inquiète. Ses yeux m'ont dit qu'elle pouvait dire que quelque chose n'allait vraiment pas.

Je lui ai fait un sourire peiné. "Pourriez-vous nous donner une seconde ?"

"Absolument," répondit-elle rapidement. "Je serai juste dehors."

J'ai attendu qu'Alicia se verse quelque chose à boire avant de me ressaisir.prêt à être propre.

"Alicia—"

La porte s'ouvrit et je m'apprêtai à gronder Lindy, mais c'était Jacob qui se tenait là, son beau visage renfrogné.

Il entra, la voix tendue par la colère. "Mère, pourquoi un organisateur de mariage est-il devant ta chambre d'hôtel ?"

J'ai soupiré de soulagement. Dieu merci. Il allait mettre fin à tout ce gâchis.

"Je pensais que tu avais accepté de ne pas organiser de mariage tant que nous ne t'aurions pas installé."

Mon cœur s'est effondré. Juste un sursis à exécution, alors.

Il a commencé à la réprimander pour l'alcool qu'elle sirotait avec précaution, mais j'ai mis fin à la conversation. Je m'en fichais qu'il soit 11 heures du matin. Je les ai contournés et j'ai sorti la vodka. Le liquide clair s'est répandu dans le verre et j'ai porté le bord à mes lèvres, essayant toujours de comprendre comment dire cela, surtout avec Jacob dans la pièce. Comment lui dire merci mais non merci, même si elle disait pratiquement que c'était le but de sa vie. Sur son putain de lit de mort.

"Tu étais littéralement à l'hôpital il y a une demi-heure," grogna Jacob en retirant son verre. "L'alcool, les visiteurs, le stress..." Il s'interrompit et je le regardai. Il était vraiment énervé. Pas parce qu'elle lui avait désobéi.

Il avait peur. Inquiet.

Il l'aimait et était terrifié qu'elle se retrouve à nouveau à l'hôpital.

J'ai pris une autre gorgée. Je voulais croire qu'Alicia avait changé, qu'elle allait essayer. Pour l'amour de Jacob. Pour son propre bien – parce que Rachel Laraby était un panneau d'affichage ambulant et parlant sur la façon dont la haine peut dévorer une âme et faire d'une belle personne un monstre.

Ce mariage signifiait tellement pour Alicia. Elle était à peine à la maison et travaillait déjà pour s'assurer que tout était parfait.

Je n'avais tout simplement pas le courage de lui briser le cœur.

Moi, je ne voulais pas blesser une femme qui m'avait blessé si facilement. Cela aurait été drôle si ce n'était pas si triste. Si cela ne signifiait pas sacrifier mes rêves.

****

Mia Kent est entrée dans les toilettes des dames et je l'ai à peine reconnue. Les lignes douces de son visage étaient les mêmes, ainsi que de grands yeux bleus qui fixaient mon expression bouche bée.

La longueur du blond décoloré avec un côté brutalement court était maintenant un brun chocolat foncé. Une seule tresse était tressée sur son épaule et le côté le plus court était lisse, la nature symétrique de la coupe de cheveux étant camouflée. À l'exception d'un bronze pêche sur ses joues et d'un éclat brillant sur ses lèvres, Mia ne portait pas de maquillage. Au lieu d'un numéro hipster qui montrait trop de peau, elle portait une barboteuse noire associée à une veste en jean courte et des chaussures plates à imprimé animal.

"Mia," soufflai-je en la regardant avec admiration, "Tu es magnifique!"

Son agacement se transforma en un sourire hésitant. "Je fais?" Elle toucha délicatement les mèches sombres. "C'est aussi proche de ma couleur naturelle que je l'ai été depuis longtemps."

J'étais tellement habituée à la blonde que ce fut un choc pour le système, mais la couleur riche accentuait ses traits, intensifiant ses yeux bleu électrique. "La couleur est magnifique, la tenue est décontractée, mais sophistiquée..." Je m'arrêtai, le léger sourire sur mes lèvres s'élargissant. "Je suis impressionné."

"Et toi—" Elle s'arrêta. Ses yeux me capturèrent lentement, décidément moins émerveillés. "Euh..."

'Euh' avait raison. Bien sûr, je portais toutes les bonnes pièces – un chemisier bleu cobalt, une jupe couleur crème et des talons couleur chair – mais tout cela avait l'air plutôt médiocre parce que le reste de moi était plutôt terne. Mes cheveux se sont révoltés contre toutes les tentatives visant à les apprivoiser, déterminés à ne rien faire d'autre que les frisottis, alors je les ai empilés sur ma tête. Toute la laque et le gel du monde ne pouvaient pas lisser mes boucles rebelles, donc c'était comme si j'avais pris une mèche de cheveux au sommet de ma tête et essayé une queue de cheval pendant que le reste faisait son propre truc.

Le manque de sommeil signifiait que j'avais des poches sous les yeux et que mon teint était taché et irrité. Mia avait l'air prête pour un nouveau chapitre - je ressemblais à une édition délabrée bien au-delà de son apogée.

Elle s'est approchée de moi et m'a pris le fond de teint des mains. "Longue nuit?"

"Quelque chose comme ca." J'ai répondu. Considérant que son look signature était drag queen chic, j'aurais dû être un peu plus inquiet lorsqu'elle a pris l'éponge et est allée travailler. J'ai décidé de simplement y aller. À ce stade, vous êtes si bas que vous ne pouvez aller nulle part ailleurs que vers le haut.

« Est-ce que ça a à voir avec la mère de Jacob ? » demanda-t-elle prudemment.

La lâche réponse fut oui. Alicia avait pratiquement ignoré les supplications de Jacob et avait lancé la planification à plein régime. À partir de ce moment et jusqu'au mariage, il n'y aurait plus de temps libre.

Jacob était tellement préoccupé de s'assurer qu'elle ne faisait rien de trop fatiguant que c'était à peu près uniquement Alicia Whitmore, tout le temps.

Mais il n'en restait pas moins que la raison pour laquelle je me tournais et me retournais toute la nuit était la même raison pour laquelle je me tournais et me retournais depuis qu'Alicia avait décidé de devenir la belle-mère de l'année. J'étais en colère contre moi-même de ne pas avoir parlé. Je ne m'affirme pas. Aussi facile que soit la mère trop zélée de Jacob, elle n'était qu'un symptôme et non la maladie.

Je n'allais pas me décharger sur Mia. Pas quand elle était venue ici avec son A-game. "C'est cool. Je suis juste fatigué."

Elle ne poussa pas, haussant une épaule alors qu'elle finissait, reculant. Comme elle ne grimacait pas, j'ai pris cela comme un bon signe, mais je me suis quand même retourné vers le miroir avec hésitation.

Je devais lui rendre hommage – elle avait opéré une sorte de magie sur mon visage. Mes yeux disaient toujours la vérité sur l'heure ou deux de sommeil que j'avais dormi, mais les sacs avaient été camouflés. Mes joues étaient belles et lisses au lieu d'être tombantes et blabla. Je n'ai même pas protesté lorsqu'elle s'est approchée de moi et a commencé à tirer mon bandeau de sa position futile, libérant ainsi mes boucles pour qu'elles rebondissent sur mes épaules. J'étais sur le point de ressembler à une rock star des années 80, mais je pensais que cela ne pouvait pas être bien pire qu'avant. Elle a sorti un clip de son portefeuille et m'a fait pivoter pour faire face à l'évier. Elle a tordu deux paquets et les a amenés au centre de ma tête et les a fixés. Le contraste entre les torsions contrôlées et mes boucles raides a fonctionné. C'était le style parfait pour compléter mon maquillage léger et adoucir les lignes féroces de ma tenue.

"Mia..." Je ne savais pas quoi dire d'autre à part ça. Je ne pouvais tout simplement pas croire qu'elle avait fait ce qui a pris une heure à une armée de stylistes pour réussir en cinq minutes. Et il y avait une autre raison, pas très agréable, pour laquelle j'étais si choqué.

Elle m'a fait un sourire entendu. "Étonné que la cible préférée du magazine "Comment ne pas se maquiller" puisse faire preuve de retenue ?"

Je me mordis la lèvre d'un air maussade. Coupable comme accusé. "Ça a vraiment l'air incroyable, Mia." Je me suis retourné vers le miroir pour regarder mon reflet. Je n'arrêtais pas de trouver de nouveaux contours qui accentuaient mes pommettes ou faisaient vraiment ressortir certaines fonctionnalités.

"Si ce truc de comédien ne marche pas, je pense que tu as un brillant avenir en tant que maquilleuse." Je l'avais dit en plaisantant, mais mon sourire s'est effondré dès que j'ai vu son visage découragé. Je me tournai pour lui faire face, les mains sur ses épaules. "Qu'est-ce qui ne va pas?"

Ses yeux bleus se durcirent comme de la glace. "Tu n'as pas besoin de te moquer de moi. Je sais que ce n'est pas si génial."

Je la regardai bouche bée. Je n'étais pas un comédien, mais je pensais qu'il était relativement clair que je plaisantais – et certainement pas avec une intention malveillante.

"Je ne me moquais pas de toi", dis-je fermement, m'assurant qu'elle comprenne à quel point j'étais sérieux. "C'est vraiment magnifique. Tu es très talentueux."

Elle ne semblait pas très convaincue, ce qui m'a fait réfléchir. Mia était plutôt confiante, mais à ce moment-là, elle n'avait pas l'air très sûre de quoi que ce soit. Elle avait l'air coincée, comme si elle voulait courir et se cacher.

Comment une fille avec autant de talent a-t-elle pu se faner sous mes yeux ?

Je fronçai les sourcils, me souvenant de sa relation fragile avec sa famille. C'était la seule chose qui avait du sens. J'avais clairement mis au jour une cicatrice, une blessure profonde où quelqu'un qui lui tenait à cœur avait tué son esprit créatif. Ils ont pris quelque chose qui la passionnait et lui ont dit qu'elle n'avait rien d'extraordinaire.

Elle haussa les épaules, se libérant de mon emprise, la vue d'elle enfilant un masque me glaçant. J'étais habitué à la frustration en voyant Jacob cacher sa vulnérabilité, mais pas Mia. Cela m'a laissé une douleur sourde dans la poitrine.

"Nous devrions descendre dans la salle de conférence." Elle ouvrit la porte, me lançant un sourire malicieux qui brouilla le moment sombre que nous venions de partager. "Nous ne voulons pas laisser Rachel attendre."

J'ai roulé des yeux au son de ce nom. Même avec des renforts, je n'avais pas hâte d'être dans la même pièce que Rachel Laraby.

Quand j'ai commencé à sortir avec Jacob, je pensais que ma vie se rapprochait de quelque chose qui sortait du cinéma. Si ma nouvelle vie était un film et que j'étais l'héroïne et que Jacob était le héros, Rachel serait sans aucun doute la méchante. Il n'y avait aucun moyen d'échapper à ses griffes jalouses et j'avais l'impression que maintenant que notre mariage avait une date et n'était pas loin, elle avait redoublé d'efforts pour le reconquérir.

Elle était purement méchante depuis notre rencontre. Riant littéralement à l'idée que Jacob puisse être attiré par moi. Me forçant à être un pion dans son jeu pour nous briser. Mentir à la mère de Jacob sur mes intentions. Personne ne me reprocherait de garder rancune après tout ce qu'elle m'avait fait subir. Et ça aurait dû être facile d'égaler sa saccade, coup pour coup, et d'avoir encore beaucoup d'animosité, mais je ne pouvais pas m'abaisser à son niveau.

Évidemment, ma politesse ne fonctionnait pas non plus.

Mais je ne parvenais toujours pas à me montrer brutal. Je savais ce que c'était que de perdre Jacob et même si ce n'était que quelques jours, c'était comme toute une vie. Je ne pouvais pas respirer sans lui. Je ne pourrais pas vivre sans lui. Son sentiment de perte a envahi le mien parce qu'elle était là, pensant qu'elle comptait pour lui, qu'elle l'aimait, puis elle a découvert que tout cela n'était qu'un mensonge.

Je ne voudrais pas non plus le croire. Moi aussi, je me battrais bec et ongles pour lui.

Mais j'étais arrivé au bout de ma corde. Elle en avait trop fait – et maintenant elle mettait Mia au milieu de tout cela.

Assez, c'était assez.

J'ai suivi Mia dans l'ascenseur, préparant le plan de match. "Donc, je vais commencer en remerciant tout le monde d'être venu, puis je clarifierai tout cela. Je discuterai de la noblesse de la mission de Reach, mais je préciserai clairement qu'à ce moment—"

"Je pense que nous je devrais juste y aller. »

L'ascenseur s'est arrêté à notre étage et je me suis figé, confus. "Quoi?"

Mia bougeait comme une fille en mission. Comme si elle n'allait pas complètement hors du scénario. "Elle veut faire le bien, n'est-ce pas ?" » dit-elle par-dessus son épaule. « Balayer et sauver la situation ? Je dis qu'on la laisse.

Mes talons claquèrent sur le sol alors que je me précipitais pour la rattraper. "Ce n'est pas ce sur quoi nous étions convenus, Mia." Ni ce à quoi j'avais dit à Rachel. Étonnamment, elle ne m'a pas combattu lorsque je lui ai dit que nous mettions un terme à tout ce mensonge de Reach. Probablement parce qu'elle savait que je serais le méchant et qu'elle ressemblerait à des roses.

Mia ne ralentissait pas. "J'ai un plan. Tu dois juste me faire confiance."

Je voyais la presse filtrer dans la pièce et mon ventre se nouait. "La salle va être remplie de journalistes, Mia. Tu dois m'en donner plus que ça."

"C'est mieux si je ne le fais pas.Un déni plausible et tout ça."

Mes yeux se sont exorbités alors que je soufflais et soufflais. 'Déni plausible'? Qu'allait-elle faire, la faire sortir ? "Tu ne me fais pas me sentir mieux ici."

Elle ralentit un peu, me laissant reprendre mon souffle avant de me lancer un sourire rassurant. "Tout ira bien, Leila. Rachel est une brute – et je sais comment gérer les tyrans."

Quelque chose dans sa voix me rappelait le passé. La fille triste dans la salle de bain. La fille qui ne pouvait pas croire que les choses s'amélioreraient un jour. Je voulais serrer Mia dans mes bras, mais cela a été rapidement remplacé par le désir de la tacler lorsqu'elle a continué dans le couloir, attirant le regard de Monique.

Il n'y aurait plus moyen de l'arrêter maintenant.

J'ai pris quelques respirations supplémentaires, essayant de faire tenir le mensonge que Mia avait dit avec tant de confiance. Le mensonge selon lequel ce train n'avait pas déraillé. Que tout s'arrangerait. J'ai affiché un sourire sur mon visage et me suis forcé à avancer, serrant la main de Monique et suivant Mia à travers la porte.

Des flashs ont éclaté et quand j'ai regardé au-delà des lumières scintillantes, j'ai vu que Rachel était déjà sur scène. Elle avait tiré ses cheveux en chignon bas et portait une robe fourreau couleur os parfaitement respectable avec des perles de couleur blush. Elle m'a fait un grand sourire et je la connaissais assez bien pour savoir qu'elle jubilait déjà.

Je l'ai rejoint sur scène, lui serrant la main devant la caméra même si j'avais très envie de lui tordre le cou.

"C'est tellement agréable de te voir." Rachel désigna le siège à côté d'elle. "Je t'ai réservé une place."

Je plissai les yeux, mais gardai mon sourire pour ma vie alors que je m'abaissais sur la chaise.

Monique se dirigea vers le podium, sa voix riche de baryton faisant taire les bavardages excités. Elle s'éclaircit la gorge et lissa le devant de son costume impeccable.

"Au nom de Whitmore et Creighton, je tiens à vous remercier tous d'être venus à cette séance de questions et réponses concernant l'organisation Reach.

Comme vous le savez tous, notre cliente, l'actrice Rachel Laraby, a été émue par le fait que Mia Kent ait frôlé la mort. Elle a eu une idée originale : créer une organisation qui offrirait aux jeunes en difficulté l'opportunité d'être encadrés par des professionnels de l'industrie et d'établir des contacts positifs. Nous les avons tous invités ici pour parler davantage de leur organisation.

Elle m'a fait un signe de tête et des papillons ont envahi mon ventre alors que je me levais. Rachel était presque en train de rire, mais nous nous figeâmes tous les deux lorsque Mia se leva.

La jeune starlette s'est dirigée vers le podium, affichant au public un sourire éclatant. "Cela signifie tellement pour moi que vous soyez tous ici pour soutenir cette grande organisation." Quelque chose me disait qu'elle savait que quatre-vingts pour cent d'entre eux espéraient une sorte de crise. «Je sais que lorsque j'ai entendu parler de Reach pour la première fois, j'ai été stupéfait. En tant que jeune actrice, j'ai grandi en regardant les jolis films de Mme Laraby. Mais surtout, j'ai été honoré. Surtout quand Mme Laraby m'a ouvert sa maison.

Rachel haleta et lorsque l'attention se tourna vers elle, elle se força à sourire, atténuant sa réaction brusque.

"J'ai hâte d'emménager et de commencer la composante immersive de Reach..." Mia fit une pause, attendant que tout le monde attende littéralement en retenant son souffle. "Vingt-quatre-sept mentorat."

J'ai dû me mordre la lèvre pour ne pas éclater de rire. À côté de moi, Rachel luttait contre l'envie de s'effondrer. Ses yeux étaient pratiquement sortis de son crâne. Son visage était rouge à force de retenir sa véritable réaction : la fureur. Elle avait du mal à agir comme si tout cela faisait partie du plan. Après tout, si elle n'agissait pas comme si elle était à bord, elle ressemblerait à une diva.

Mia se tourna vers Rachel, serrant une main sur sa poitrine avec adoration. "Les marathons de comédies romantiques de fin de soirée, les clubs, les concerts, le shopping, les évaluations de scénarios - j'ai hâte de partager ma vie avec vous, Mme Laraby. Je peux déjà ressentir l'impact positif de l'expérience Reach... et nous ne faisons que commencer. » Elle a mené les applaudissements puis a exhorté le public à se lever.

Je les rejoignis, souriant sournoisement au visage choqué de Rachel.

Échec et mat.

****

Quel est le pire qui puisse arriver ?

C'est la pensée qui m'a traversé l'esprit alors que j'essayais de me donner un discours d'encouragement, à quatre pâtés de maisons du restaurant où ma mère et Alicia se rencontraient enfin. Pour parler du mariage.

Moi, ma mère et Alicia. Je parle du mariage de mes cauchemars.

Et tu viens de dire la malédiction de toutes les malédictions, pensai-je silencieusement, une voix intérieure remuant le doigt avec désapprobation. Vous êtes tellement foutu.

J'ai pris une profonde inspiration et je me suis poussé en avant. De toute façon, je ne croyais pas aux malédictions. Et après la semaine que j'avais passée, j'avais parfaitement le droit d'être optimiste.

Tout a commencé avec la gifle de Mia envers Rachel lors de la conférence. À la grande horreur de Rachel (et à mon grand plaisir), ce n'était pas une sorte de plaisanterie. Pour s'assurer que Rachel ne retire pas simplement son masque une fois que les caméras ont arrêté de tourner, Mia a choisi un photographe pour l'observer tout au long de l'expérience afin de capturer chaque seconde. Je me suis presque senti désolé pour Rachel lorsque Mia a commencé à parler de soirées pyjama et de « se tresser les cheveux ». Monique a commenté qu'elle ne m'avait pas vu aussi heureux depuis que Jacob avait proposé. Elle semblait si sûre que c'était dû à l'accueil positif que Reach avait reçu lors de la séance de questions et réponses que je n'avais pas le cœur de lui dire que c'était parce que voir Rachel terrifiée me faisait penser au matin de Noël.

C'était lundi. Mardi, j'ai eu une conversation réellement civile avec Natasha, j'ai eu autre chose que des regards furieux lors de la réunion de Missy mercredi, et jeudi, Jacob m'a surpris avec des omelettes au lit. J'avais été tellement optimiste, délicieusement optimiste, que lorsque ma mère m'avait suggéré un brunch entre dames, j'avais presque automatiquement répondu oui.

Presque.

Je n'avais pas été assez inquiet, mais je me rattrapais à chaque pas qui me rapprochait du Plum Café. Après avoir rencontré Megan là-bas pour des crêpes depuis que nous l'avons découvert il y a un mois, c'était devenu l'un de mes arrêts dignes de folie dans la ville. C'était extrêmement prétentieux avec ses murs d'un blanc éclatant et ses pièces artisanales qui semblaient avoir copié et collé la salle d'exposition de West Elm. Une bouchée de leur crêpe aux baies et au fromage et tout était pardonné.

J'avais choisi une robe chemise à rayures suffisamment légère pour que je sois au frais malgré une météo à presque trois chiffres, mais pas assez transparente pour que je donne à tout le monde un aperçu de mes sous-vêtements. C'était juste ce qu'il fallait de décontracté et d'habillé pour que je me sente à l'aise sans avoir l'air intentionnellement habillé. Et le confort était bon. Le confort était exactement ce dont j'avais besoin pour affronter le déjeuner avec ma mère et Alicia.

J'ai remonté mes lunettes de soleil, écartant mes boucles sombres de mon visage alors que je me dirigeais vers la porte. L'hôtesse m'a fait un sourire de reconnaissance et j'ai senti la chaleur me monter aux joues. Cela se produisait beaucoup plus ces derniers temps. Probablement parce que la nouvelle a eu vent de la date de notre mariage et que tout à coup, nos noces ont été placardées partout. Une véritable histoire de Cendrillon, la preuve que les rêves deviennent réalité.

« Mlle Montgomery ! » » jaillit-elle, chaque dent de sa bouche me brillant. "Votre fête attend déjà."

Je fronçai les sourcils, ne croyant pas qu'ils étaient là et je ne le savais pas autrement que par la déclaration de l'hôtesse. Je m'attendais à moitié à les entendre avant de les voir, des cris résonnant au-dessus de la musique indépendante douloureusement abstraite qui s'échappait des haut-parleurs.

Les deux femmes avaient de fortes personnalités, pensant que leur voie était la seule bonne et que tout le monde la faisait mal. Je pensais que je serais l'arbitre; c'était la raison pour laquelle j'avais pratiquement parcouru les 800 mètres du bureau, voulant arriver au milieu avant que le sang ne coule. Je ne pariais pas sur le silence ou sur le bon comportement des deux femmes.

"Est-ce que tout va bien, Miss Montgomery ?"

Je m'éloignai de la brume, clignant des yeux rapidement alors que je sortais de ma tête et écoutais ce que l'hôtesse essayait de dire. Ses grands yeux bruns étaient ronds d'inquiétude, sa bouche se retrouvant elle-même en fronçant les sourcils hésitante avant de commencer à s'excuser.

"Je suis vraiment désolée, je pense juste que Jacob et toi êtes adorables..." Elle plaça une main sur sa bouche comme si elle venait de dire un gros mot.

J'aurais ri si je n'avais pas su que sa surcompensation pour un affront erroné n'était pas ancrée dans la réalité. Malgré le terme « café » dans le titre, le restaurant n'était pas étranger à la clientèle de premier ordre, ainsi qu'aux attitudes de premier ordre.

"Tout va bien", la rassurai-je avec un sourire. "Nous ne devenons pas adorables très souvent. Dépareillés, peut-être. Adorables ? Pas tellement."

Le soulagement envahit son visage alors qu'elle lui rendait son sourire. "Eh bien, la plupart des gens sont idiots." Elle se dirigea vers le stand des hôtesses. "Par ici."

J'ai parcouru les tables élégantes, souriant narquoisement à la myriade de femmes portant encore leurs lunettes de soleil surdimensionnées à l'intérieur et d'hommes aux yeux rivés sur l'écran de leur téléphone. Des serveurs en chemise blanche, pantalons noirs et sourires en plastique las tournaient dans la pièce comme les parties d'un carrousel. Rond et rond, comme les nœuds qui roulaient et se resserraient dans mon ventre alors que nous nous rapprochions de ce que je savais n'être qu'un drame. Nous nous sommes approchés de la table où maman et Alicia sirotaient toutes les deux tranquillement des verres de vin. Les visages des deux femmes s'éclairèrent lorsqu'elles me virent, le même soulagement que celui de l'hôtesse lorsqu'elle comprit que je n'allais pas exiger son travail sur un plateau d'argent. C'était le soulagement d'être sorti de votre misère.

J'ai retiré la chaise entre eux et j'ai commandé mon propre verre de vin. J'allais en avoir besoin.

Maman fut la première à tendre la main, les côtés de sa bouche atteignant presque la racine des cheveux. Tout sur son visage semblait tendu et poussé à l'extrême, intensifié par son maquillage épais et ses cheveux gris doublés tirés en un chignon haut et serré. "C'est si bon de te voir, chérie." Elle se pencha et m'embrassa sur la joue. "Vous êtes ravissante." Elle m'a pris la joue en coupe, les yeux plissés alors qu'elle m'inspectait de plus près. "Et plus mince. Même si je suppose que dans tous ces restaurants chics, ils ne vous donnent qu'une cuillerée ou deux de nourriture et que c'est un jour—"

"Mais mince, c'est bien," l'interrompit doucement Alicia. Ses traits félins brillaient alors que ses lèvres se fendirent en un sourire étincelant. "Mince signifie de belles photos de mariage."

J'ai grincé des dents, pas un grand fan de parler de poids et encore moins avec toute la tension évidente entre eux. La maladresse flottait dans l'air, suffisamment épaisse pour que je puisse la couper avec un couteau. Un sujet incendiaire comme le poids ne ferait qu'empirer les choses.

Je n'avais aucune intention de commenter une perte de poids hautement improbable ou l'impact de mes poignées d'amour sur mes photos de mariage.

Malheureusement pour nous tous, maman a pris le relais.

"Donc tu insinues que la seule façon pour ma fille d'avoir de belles photos c'est si elle est mince ?"

Le sourire d'Alicia s'estompa. "Je n'ai rien dit de tel. J'ai dit que mince signifiait de belles photos."

"Ce qui veut dire qu'être mince n'est pas beau ?" Maman grogna.

Oh bon sang. "Maman..."

"Oh, tout va bien, Leila," dit-elle en me tapotant la main. "Je voulais juste savoir à quel point Mme Whitmore suggère que vous soyez mince pour avoir de belles photos. Pour ma référence."

Alicia but une longue gorgée de son vin, pressant ses lèvres écarlates avant de repousser ses cheveux de ses yeux. "Donc les choses avancent vraiment en ce qui concerne la planification." Elle a sorti son iPad. "J'ai quelques compositions florales parmi lesquelles j'aimerais que vous choisissiez et il y a aussi la question de la musique. Yo-Yo Ma est toujours un choix classique—"

J'ai toussé. « Yo-Yo Ma est un « choix classique » ? Il s'agissait de Yo-Yo Ma, l'un des plus grands violoncellistes de notre époque. Comment était-il même un choix ? Il a joué pour des présidents, des dignitaires internationaux – et Alicia parlait comme si l'embaucher pour mon mariage était un jeu d'enfant.

Je suis officiellement dans la Twilight Zone.

Alicia pencha la tête sur le côté, levant les mains tout en faisant marche arrière. "S'il semble trop formel, nous pouvons aller dans une autre direction." Elle lui caressa le menton pensivement, manquant complètement la réaction bouche bée de maman et moi. "Il y a aussi une option musicale plus populaire si vous souhaitez que j'utilise mes contacts pour trouver quelqu'un un peu plus dans la quarantaine—"

" Je pense que Yo-Yo Ma ou Katy Perry, ce serait trop." » Cassa maman. "Ils sont tous les deux talentueux et l'idée qu'ils soient sur la table est... juste..."

Alicia prit l'interruption avec aisance, baissant sa voix à un niveau confidentiel. "Cheryl, si c'est une question d'argent, naturellement, les Whitmore s'occupent des leurs. Leila est comme une fille pour moi. Bien sûr, je m'occuperai de la facture et tu n'auras pas à te soucier d'un seul centime." ".

Cela aurait pu être gentil si elle n'avait pas simplement tracé une ligne avec ses yeux et mis ma mère de l'autre côté.

J'avais le sentiment que maman approchait du point d'ébullition et avant qu'Alicia ne commence à parler d'embaucher Beyoncé ou un ténor célèbre, il était temps de mettre le pied à terre. Aussi génial que puisse être l'un des éléments ci-dessus, ce n'était pas ce que je voulais. C'était mon mariage. Il était grand temps que je mette un terme à toute cette mascarade. Un gars jouant une chanson sur un ukulélé n'est peut-être pas aussi digne d'intérêt qu'une pop star qui fait tomber la maison lors de notre réception, mais c'était ce que je voulais. C'était l'histoire de mariage que je voulais raconter un jour à mes petits-enfants.

J'ai d'abord regardé maman, puis Alicia. "A propos du mariage..."

"Il n'y aura pas de mariage." La voix de maman était remplie d'une finalité et d'une autorité qui inciteraient même Jacob à s'asseoir et à le remarquer.

Une fois le choc surmonté, la colère a rapidement rempli le vide. Qu'est-ce que c'était? Son dernier effort pour tout gâcher ? La blessure s'est infiltrée comme une toxine. Après notre conversation, je pensais que nous allions dans une bonne direction.

Que voulait-elle dire par qu'il n'y aurait pas de mariage ? C'était ce qu'elle voulait, que j'épouse un homme riche et que je vive la vie somptueuse qu'elle n'avait pas.

Je lui lançai un regard qui n'appartenait qu'au nôtre. C'était le même regard que je lui lançais à chaque fois qu'elle jouait le rôle d'entremetteuse, de styliste personnel ou de mon publiciste personnel lorsqu'elle organisait une conférence de presse devant la maison.

"Comment oses-tu..." commençai-je.

"Faites-moi confiance, Lay," murmura-t-elle. Sa main recouvrit la mienne puis elle la serra rapidement. "Je vais m'occuper de ça."

Elle a relâché ma main et s'est jetée sur Mama Bear, presque en grognant contre Alicia. "Ma fille n'a aucun intérêt dans votre affaire de plusieurs millions de dollars."

Alicia fronça les sourcils, serrant le pied de son verre de vin. " De quoi diable parles-tu ? Bien sûr, elle veut le mariage. Elle a été à mes côtés pendant tout le processus de planification ! "

"Bien," dit brusquement maman. "Et as-tu déjà pensé à lui demander ce qu'elle veut ? Qu'est-ce qui la rendrait heureuse ?"

Je restai assis dans un silence abasourdi et frustré. C'était enfin là. Mais je voulais le dire. C'était ma vérité à dire.

Alicia nous regardait d'un côté à l'autre. Confus, je me demandais probablement quel genre de fille avait refusé un mariage de conte de fées tous frais payés.

J'ai fermé les yeux en comptant jusqu'à cinq. Inspire, expire. Je les ai ouverts et ils me regardaient tous les deux, attendant ma réponse.

J'ai essayé de garder ma voix basse et égale. "Laisse-moi t'expliquer, maman." Au moins, laisse-moi faire ça.

« Laissez-vous expliquer ? se moqua-t-elle. "Quand ? Pendant que vous marchez dans l'allée ?" Sa voix portait, comme toujours. Mais c'était deux fois plus embarrassant que d'habitude car contrairement à toutes les fois où j'étais jeune et où elle me grondait, j'étais un véritable adulte. Et tous les gens qui me regardaient de haut comme si je n'étais pas à ma place avaient une certitude dans leurs regards en coin. Comme s'ils avaient eu raison à mon sujet depuis le début.

"Avant de signer un autre chèque, laissez-moi vous dire ce que veut ma fille..."

"Non, maman!" Dis-je d'une voix stridente, toute la frustration et les mots hachés remontant à la surface. "Je n'ai pas besoin que tu me sauves ou que tu parles pour moi. Je suis tout à fait capable de parler pour moi-même." J'ai réprimé la petite partie de moi qui ricanait à cela, considérant que mon manque de parole était la raison exacte pour laquelle la situation avait dégénéré.

"S'il s'agit de la date, nous pouvons la changer, chérie", proposa Alicia.

Elle l'a dit si simplement, à la limite de la désinvolture. Comme si j'étais un enfant irritable qui faisait une crise de colère. Elle non plus n'écoutait pas. Elle me renvoyait. , tout comme ma mère - elle le faisait sans élever la voix.

Et c'est la goutte d'eau qui a fait déborder le vase.

Je me suis levé, les larmes aux yeux et j'ai tourné les talons. dans les autres bruits du restaurant. J'avais besoin des cris de la ville pour tout couvrir, mais mon cœur battait la chamade. Je voulais juste m'éloigner de tout le monde.

Leila Montgomery reprend enfin sa colonne vertébrale, puis sort en trombe de la pièce. un lâche.

Je n'ai pas laissé couler mes larmes jusqu'à ce que je sois dehors, là où les paparazzi attendaient, prêts à immortaliser ce moment pour toujours.

****

Jacob est entré et je n'ai même pas levé les yeux de mon téléphone. Je n'avais jamais fait autant d'exercice. Quand maman a appelé, mon pouce a appuyé avec colère sur Ignorer alors que je retournais à mon texte de la taille d'un roman à Megan, expliquant comment et pourquoi je voulais que tout le monde aille directement en enfer. Juste au moment où j'étais sur le point de conclure, Alicia m'appelait et je me souvenais de quelque chose que j'avais oublié, d'un regard ou d'une insistance sur un mot qui me poussait à bout. Et puis maman appelait encore une fois, et le cycle recommençait.

Il se dirigea vers le salon où je me tenais, reprenant mon souffle en faisant les cent pas.

"J'ai dit : 'Chérie, je suis à la maison !'"

En fait, ce n'était pas le cas. C'était clairement sa tentative de plaisanterie car sans que je dise un mot, il savait que quelque chose se passait. Cela n'a probablement pas aidé que mes bras ne soient pas enroulés autour de son cou, le rapprochant comme si nous n'avions pas travaillé l'un près de l'autre au cours des huit dernières heures. À moins que nous ne faisions du covoiturage, se voir après le travail était une réunion, quelque chose qui méritait des baisers et des prises de fesses.

J'ai grogné, finissant finalement le texte que j'étais en train de composer avec « pouah » et l'envoyant ailleurs. J'ai laissé tomber le téléphone sur le coussin du canapé à quelques mètres de moi. Il ne dura pas très longtemps dans sa nouvelle position car il le ramassa et s'abaissa à sa place.

"Alors tu es resté terré au bureau tout l'après-midi et tu as filé hors du bâtiment comme une fusée dès que l'horloge a sonné à 17 heures. Je suppose que le brunch ne s'est pas bien passé."

"Comme tu es perspicace," dis-je d'un ton mordant. Quand j'ai croisé son regard, je me suis mordu la lèvre et j'ai poussé un profond soupir. "Désolé."

"Vous voulez en parler ?"

"Pas spécialement." J'évitais son regard, sachant que ses yeux sur moi ne laisseraient pas le silence s'envoler. Je n'étais pas prêt à récapituler le désastre qui s'est produit au Plum Cafe. Il n'y avait aucun moyen de recommencer sans finalement faire ce que je redoutais.

Dire toute la vérité à Jacob.

Je savais déjà comment cela allait se passer. Il me regardait, la déception colorant ses yeux alors qu'il me demandait ce qui était arrivé à Leila la Conquérante. Et je n'étais pas prêt à répondre à cette question parce que cela impliquait de me regarder attentivement dans le miroir. Porter une vérité que je n'aurais jamais pensé porter. J'avoue que j'ai été un peu lâche.

Comment diable était-il facile pour moi de dire à une superstar internationale de m'embrasser mais je ne pouvais pas dire à ma mère, ma future belle-mère, bon sang, mon futur mari, ce qu'il y avait dans mon cœur ?

Mais je ne pouvais pas faire l'idiot avec moi-même. Je savais exactement pourquoi. Ces murmures de doute de soi que je faisais semblant d'ignorer se sont envenimés. Plus je me rapprochais de devenir Mme Jacob Whitmore et plus les gens se moquaient, pariant sur notre durée, plus il était facile de laisser les doutes envelopper mon cœur. Les doutes m'ont rappelé que j'avais tellement de chance qu'il m'ait choisi. Il était l'un des hommes les plus riches du monde. Ce mariage chic et ostentatoire était son droit de naissance. Je n'avais pas grand-chose à lui offrir, mais je pouvais lui offrir un mariage digne d'un milliardaire.

Je suis allé à la cuisine, contournant la bouteille de vin que je voulais vraiment et opté pour un verre d'eau à la place. "Donc, si vous ne les avez pas déjà vus, il y aura des photos de moi en train de pleurer les plus laids que vous ayez jamais vu."

Enfin. C'était le vrai moi qui poussait à la surface, parce que je savais qu'il n'y avait aucune chance qu'il laisse tomber ça s'il savait que ça m'émouvait jusqu'aux larmes. La femme que je connaissais n'a pas donné à la peur l'occasion d'en rire et de faire semblant de plaisanter.

Il était debout, se dirigeant à grands pas vers l'île où je me tenais. Il m'a pris le verre d'eau et l'a posé d'un seul clic sur le comptoir en granit, puis a pris mes mains dans ses mains fortes et sûres. "Que se passe-t-il?"

J'ai baissé les yeux, ne voulant pas croiser son regard parce que j'étais déjà ouvert et à vif et je ne voulais plus pleurer. J'avais pleuré plus au cours des deux dernières semaines que dans toute ma vie.

Mais ce n'était pas une option car il a accroché mon menton et l'a incliné doucement mais fermement jusqu'à ce que mes yeux soient alignés avec les siens. C'était un menton magnifique, ciselé et aristocratique, comme tout chez Jacob, mais je ne lèverais pas les yeux plus haut. Je savais que j'étais têtu. Je ne pouvais pas l'empêcher d'entrer. Nous allions être partenaires. Cela signifiait que je n'avais plus à assumer cela seul.

J'ai parcouru du regard la courbe de ses délicieuses lèvres, l'angle de son nez patricien et je me suis arrêté sur le bleu profond de ses yeux qui m'a fait fondre. J'étais une flaque d'eau, dépouillé et nu. J'ai vu à quel point il m'aimait. Comme il était frustré parce que je l'avais gardé à l'extérieur. C'est moi qui lui ai appris à quel point il était important de communiquer, et je ne mettais même pas en pratique ce que je prêchais.

J'ai poussé un soupir, pour être honnête. "Le déjeuner était horrible."

Ses doigts effleurèrent ma joue. "J'ai rassemblé tout cela, mon amour. Raison de plus pour que tu aurais dû me laisser venir avec toi."

"Non, parce que c'était censé être nous les filles—" Je fermai la bouche. Ce n'était pas vrai. Je n'ai pas invité Jacob parce que j'avais conclu un pacte avec moi-même. J'avais décidé de tout arrêter. J'allais enfin être honnête à propos du mariage que je voulais. Je pouvais gérer leur réponse sidérée, mais celle de Jacob m'aurait coupé comme un couteau.

J'ai avalé difficilement. "Ce n'est pas vrai."

Son front se plissa tandis qu'il fronçait les sourcils. "Ce n'était pas un truc de filles ?"

J'ai secoué ma tête. "C'était un peu le cas. Mais ce n'est pas pour ça que je ne voulais pas que tu viennes."

"Pourquoi ne voulais-tu pas que je vienne, Leila ?"

"Parce que cela signifiait admettre que je t'avais menti." Quand son expression se durcit, j'essayai d'adoucir le coup. "Ce n'est rien de hardcore. Je veux dire, c'est sérieux..."

"Dites-moi juste ce qui se passe", dit-il, interrompant mes aveux confus. Il a glissé une boucle derrière mon oreille. "Sérieux ou pas, je suis là. Je ne vais nulle part."

J'ai levé une main et j'ai couvert la sienne. Il ne va nulle part. Je n'avais pas réalisé à ce moment-là qu'une partie ridicule de moi s'était également inquiétée de cela.

"J'avais peur de dire enfin la vérité sur le mariage", dis-je avec précaution. "Après tout ce que ta mère a fait pour nous offrir cette incroyable cérémonie, j'avais peur de blesser ses sentiments, tes sentiments, en admettant que je ne voulais pas d'une grande cérémonie."

Son emprise se relâcha, ses yeux bleus dérivant lentement sur mon visage. "Quoi?"

J'ai aspiré de l'air, sentant la chaleur de la honte me piquer le visage. Allait-il vraiment me faire le répéter ?

Il a attendu. Oui il l'est.

"Je ne veux pas d'un grand mariage", répétai-je d'une voix douce et coupable.

Il me relâcha complètement, digérant ce que je disais. "Tu ne veux pas d'un grand mariage ?"

Je secouai lentement la tête. "Non, Je ne le fais pas. »

Il passa une main dans ses mèches sombres et ondulées, son expression étant illisible.

Merde, pensai-je, brûlant de frustration. Pas le masque, pas maintenant.

Il se détourna complètement de moi, croisant les bras contre sa poitrine. , les muscles ondulant sous sa chemise boutonnée.

J'avais l'impression que ma gorge était en feu. Je ne voulais pas bouger avant d'avoir une sorte de réaction, mais j'avais besoin de quelque chose pour apaiser l'irritation. J'ai bu de l'eau. Naturellement, cela n'a rien fait pour atténuer la brûlure ou relâcher la tension dans ma poitrine. Je ne savais pas comment je m'attendais à ce qu'il réagisse, mais je savais que le silence n'était pas ça, je ne pouvais pas supporter ce silence assourdissant. .

Sa confusion avait du sens. Qui étais-je ? La Leila dont il était tombé amoureux avait une voix.Elle a pris la parole, même si c'était inapproprié. Et comment aurais-je pu me contenter de mon propre mariage ? Qu'est-il arrivé à ma colonne vertébrale ?

Mais il n'a rien dit.

Et ça me rendait fou.

J'ai claqué mon verre sur le comptoir, me retournant pour lui faire face. " Vas-y. Dis-moi à quel point j'ai été fou d'accepter ça. Dis-moi à quel point tu es déçu de moi. "

Il m'a regardé, les yeux calmes, les lèvres entrouvertes. "Je ne vais pas te crier dessus ni te battre à ce sujet."

Mes doigts tremblaient, mon verre s'écrasant presque sur le sol.

"Ce n'est pas le cas," répondit-il. "Il est clair que vous vous en faites depuis un moment maintenant, probablement depuis notre première conversation avec ma mère lorsqu'elle a commencé à parler de la façon dont elle avait organisé le mariage parfait à Whitmore. "

Pendant tout ce temps, j'avais hésité à être honnête, inquiet de la façon dont il réagirait si je me dégonflais encore et encore. Chaque fois qu'Alicia partageait un nouvel élément, je feignais l'excitation.

J'ai affaissé mes épaules, un mélange de soulagement et de frustration m'envahissant. "J'aurais dû parler."

Il hocha la tête, mais il n'y avait ni colère ni déception dans sa voix. "Oui."

« Je pensais juste que c'était ce que tu méritais... »

« Je vais t'arrêter tout de suite. Il a courbé un doigt et m'a fait signe de me rapprocher. J'ai avancé de quelques centimètres, mais son regard m'a dit qu'il voulait que je me rapproche. J'ai bougé jusqu'à ce que je sois suffisamment proche pour pouvoir sentir la chaleur irradier de son corps et l'amour pétiller dans ses yeux.

"Écoutez-moi très attentivement." Il fit une pause en penchant la tête. "Écoutes-tu?"

Je lui ai jeté un coup d'œil. "Oui j'écoute."

"Bien." Il se pencha plus près, les yeux fixés sur les miens, me capturant et ne me lâchant pas. "La seule chose que je mérite, c'est toi. La seule chose que je veux, c'est passer le reste de ma vie à te montrer toutes les définitions du bonheur. Et cela commence par déclarer que tu es tout pour moi Leila; que je veux être ton mari. et je veux que tu sois ma femme. Si cela signifie un mariage étouffant où nous ne connaissons pas la moitié des gens, qu'il en soit ainsi. Si cela signifie aller au palais de justice tout de suite, j'amènerai la voiture. dis-moi ce que tu veux. Je veux réaliser tes rêves.

J'ai tracé sa mâchoire du bout des doigts, disant enfin ce que j'aurais dû dire dès le début. "Je veux juste que ce soit comme quand nous avons commencé. Juste toi et moi. Passion. Romance. Nous." J'ai repensé à toute la pression des attentes de notre cérémonie et j'ai ajouté un dernier mot. "S'échapper."

Il réclama mes lèvres, aspirant tout l'air de mes poumons. J'étais du mastic entre ses mains. Il avait un goût sucré. Comme pour toujours.

Il recula et déposa un baiser sur mon front avant de s'éloigner et de sortir son téléphone. "Bonjour, j'ai besoin d'une voiture pour nous emmener à l'aéroport."

"Aéroport ?" Je répète. "Jacob, qu'est-ce que—"

"Quinze minutes ?" dit-il en hochant lentement la tête. "Nous serons en bas." Il remit le téléphone dans sa poche et m'adressa un sourire narquois. "Tu ferais mieux de faire tes valises rapidement."

"Quoi ? Faire ses valises vite ? Faire ses valises vite pour quoi ?"

"Vous avez dit passion, romance, nous et évasion ? Le premier endroit vers lequel j'ai pensé, ce sont les Caraïbes." Il a passé un bras autour de ma taille, envoyant un éclair de désir à mon aine. "Nous nous enfuyons."

****

Dès que le pilote a annoncé que nous étions à une altitude sûre pour rallumer nos appareils, j'ai sorti mon téléphone de l'endroit où il était perché sous les magazines, essayant de cacher le fait que j'espérais que des tonnes d'argent signifiaient que je pouvais capter la réception assez longtemps pour que Megan sache ce qui se passait. La dernière fois que j'avais été emmené par Jacob Whitmore, j'avais à peine rédigé un message de départ du pays. Elle était ma meilleure amie, je devais faire mieux que « m'enfuir de Kbye ».

Jacob s'est déplacé en face de moi, la glace tintant dans son verre. "Tu n'es pas aussi doux que tu le penses."

J'ai battu mes cils innocemment."Pas sûr de ce que vous voulez dire."

"Vous essayez d'utiliser votre téléphone depuis que les roues ont décollé du sol." Ses yeux brillaient comme l'océan. « Qu'est-ce qui était si important pour que vous risquiez une sorte d'accident électronique par hasard ? »

J'avançai obstinément la lèvre. "Oh allez, mon petit téléphone portable ne peut pas faire tomber un avion de cette taille. Je ne sais pas combien de fois j'ai volé avec mon téléphone toujours allumé et l'avion ne s'est pas écrasé et n'a pas brûlé."

"Il y a eu plusieurs cas où des équipages de conduite ont signalé des signaux de téléphone portable interférés avec les systèmes de communication, ce qui pourrait interférer avec la navigation."

J'ai dégluti, regardant le téléphone dans ma main avec une véritable horreur. Le visage de Jacob était tiré et sérieux, jusqu'à ce qu'un côté de sa bouche commence à se contracter.

"Oh mon Dieu!" » Siffla-je en lui lançant ma serviette à cocktail alors que le tic se transformait en un grand sourire. "Tu m'as fait peur."

Il attacha sa ceinture de sécurité, retroussant ses manches avec un sourire narquois toujours aux lèvres. "Bien. J'aime savoir que je peux encore te surprendre." Je ne savais pas pourquoi, mais la façon dont il avait exprimé sa surprise m'a fait rougir furieusement. Il y avait quelque chose de sombre et de sexy dans ce mot. Quel genre de surprises avait-il prévu ?

J'ai légèrement incliné la tête, me souvenant des dortoirs juste derrière nous. Je me souviens de la dernière fois que nous étions dans ce jet, trouvant impossible de ne pas nous toucher.

Concentre-toi, me dis-je sévèrement. Megan m'avait dit en plaisantant de ne pas être si frustré par la mère de Jacob et par la planification que je faisais exactement ce que nous étions préparés et prêts à faire. Elle a essayé d'agir de manière dure et par rapport à la demoiselle d'honneur stéréotypée, mais je savais qu'elle avait vraiment hâte de m'aider à choisir des robes et quelques-unes des meilleures soirées de enterrement de vie de jeune fille.

J'ai réveillé mon portable avec appréhension, espérant que le message soit passé avant la coupure de la réception.

"En général, le but de s'enfuir est de s'enfuir. Débrancher." Bien sûr, il disait cela en faisant semblant de ne pas regarder l'écran de son iPad.

J'ai roulé des yeux. "Je voulais juste que Megan sache ce qui se passe."

Ses yeux s'écarquillèrent. "Excusez-moi ?"

Aussi brûlant que l'était la plupart du temps le truc du responsable, "Moi Tarzan, toi Jane", il commençait à m'énerver. "Ça ne prendra qu'une seconde." D'après la notification à l'écran, l'envoi était toujours en cours.

"Raccrochez le téléphone, Leila."

"Jacob..."

"Mettez le téléphone vers le bas."

Chaque mot était plus définitif et imposant que le précédent et soupir agacé ou pas, j'ai raccroché le téléphone et j'ai fixé mon regard sur lui. "Qu'est-ce que c'est ?"

"Vous êtes conscient que dire à tous ceux que vous connaissez que vous vous enfuyez va à l'encontre du but recherché, n'est-ce pas ?"

"Elle n'est pas tout le monde", dis-je obstinément. "Elle est ma meilleure amie."

Il m'a étudié un instant, les traits tendus. "C'est important pour toi. Lui parler de nos projets ?"

"Nous le ferons, elle ne parlera pas aux paparazzi si c'est ce qui vous inquiète." Son regard de pierre m'a dit qu'il voulait une réponse à sa vraie question. "Oui, c'est important pour moi."

"Intéressant." Il se caressa le menton, les yeux voilés et contemplatif. "C'est une demande assez juste, je suppose. Et j'ai à moitié envie de l'accepter, malgré votre attitude."

Ma bouche est restée ouverte. Eh bien, merci beaucoup, Votre Majesté ! Mais j'ai juste pincé les lèvres, sans pousser. Je savais ce que signifiait l'étincelle dans ses yeux, ce que représentait le passage de sa langue sur sa lèvre.

Il voulait me dominer.

"Tu feras ce que je te commande. Pas de questions. Compris ?"

Ma bouche était soudainement douloureusement sèche, mais j'ai réussi à avaler et à prononcer les mots. "Oui Monsieur."

Il m'a fait le moindre sourire. "Enlevez vos vêtements. Tout ça."

Mes lèvres tremblaient alors que mes yeux se tournaient vers l'endroit où l'hôtesse de l'air était assise de l'autre côté d'un rideau. Elle avait déjà rendu service, il était donc très peu probable qu'elle nous dérange, mais il y avait encore une faible chance qu'elle le puisse.

Quand j'ai regardé Jacob, j'ai réalisé que j'avais déjà commis une erreur. Mettant de côté les questions et la peur naturelle d'être attrapé, j'ai débouclé ma ceinture de sécurité et j'ai porté mes mains sur ma chemise. Pour le vol, j'avais porté une tunique boutonnée en jean surdimensionnée. Cela semblait être quelque chose de facile et confortable, mais maintenant, avec ces yeux bleus sur moi...

J'ai levé mes bras pour le passer par-dessus ma tête, mais sa voix m'a figé.

"Déboutonnez-le. Lentement."

Cela aurait dû être exaspérant. C'était comme s'il repoussait délibérément les limites. Après tout, ce n'était pas Jacob qui serait assis là, les fesses nues, alors que le préposé restait bouche bée sous le choc. Mais je n'étais pas furieux. Mon corps bourdonnait délicieusement. Je pouvais sentir la chair de poule courir sur ma peau sous mes vêtements. Je n'avais pas besoin d'enlever mes sous-vêtements pour savoir que j'étais déjà trempé, extrêmement excité à la simple pensée de ce que je savais être inévitable. J'allais me déshabiller.

J'ai commencé par le bouton du haut, parvenant à peine à le serrer car mes doigts picotaient et tremblaient. Le premier fut relâché et je le regardai furtivement, voyant ses lèvres légèrement entrouvertes. Ces belles lèvres que j'avais hâte d'embrasser. Que je pourrais embrasser pour le reste de ma vie. Quand ses yeux se plissèrent, je me précipitai vers le suivant, puis le troisième, avant qu'il ne s'éclaircisse la gorge. Je ralentis, décrochant le quatrième, laissant échapper un souffle tremblant alors que je m'approchais de la vallée de mon décolleté et que mes doigts caressaient le chemin vers mes seins.

Et j'étais là, complètement nue, le fauteuil en cuir moelleux embrassant ma peau et Jacob me caressant de son regard bleu intense.

Je serrai fermement l'accoudoir, la chaleur dansant dans mon ventre avant de ricocher sur moi. "Maintenant quoi?"

J'ai regardé le désir parcourir ses traits avant qu'il ne s'éclaircisse la gorge, le cachant derrière une sophistication cool. J'agissais comme si je n'étais pas complètement en forme - et qu'il n'avait pas une érection déchaînée. Il resta silencieux, attrapant son verre de scotch et buvant une longue gorgée délibérée. Il l'abaissa, stoïque comme toujours, mais il agrippait le verre comme s'il s'agissait d'une bouée de sauvetage ; la seule chose qui l'empêche de perdre la tête et de m'emmener là-bas.

Je m'attendais à ce qu'il fasse un geste vers la cabine de couchage, mais il n'a pas dit un mot. Les choses ont tourné et je me suis demandé si garder le cap, garder mes mains loin de lui, loin de moi-même, était si difficile pour moi, à quel point était-ce difficile pour lui ? Jacob était un homme habitué à garder le contrôle mais je pouvais voir qu'il se battait pour garder son sang-froid.

Le tintement métallique des anneaux glissés sur le côté et le rideau écarté traversèrent notre concours de regards.

L'inquiétude que j'avais était en train de se réaliser.

L'agent de bord était dans la cabine principale.

"Puis-je..." Le halètement de l'agent de bord se répercuta dans la cabine et ma poitrine se serra.

Je lui ai jeté un coup d'œil et j'ai vu la pure terreur blanche de son teint. Pas de dégoût, pas de jugement comme je m'y attendais. Peur.

Je me retournai vers Jacob, qui m'étudiait attentivement. Il s'attendait probablement à ce que je saisisse en vain mes vêtements et que je les serre contre mon corps nu. Et c'est là que s'est porté mon esprit en premier. Auto-préservation. J'étais humaine après tout et des années de sentiment moyen, même inférieur à la moyenne, n'avaient pas été effacées malgré l'amour de Jacob et son insistance sur le fait que j'étais la plus belle chose qu'il ait jamais vue.

Le doute de moi résidait dans mon subconscient, attendant des moments comme celui-ci. Des moments où j'étais face à la question : Suis-je vraiment belle ? Puis les murmures des filles qui s'en prenaient à moi et des garçons qui me brisaient le cœur sont revenus en criant. Ils m'ont dit que je n'étais pas quelqu'un de digne de Jacob.

Le silence résonnait dans la pièce et il y avait autre chose qui m'empêchait de reculer et de m'excuser de l'avoir soumise à ma nudité aveuglante. Mon doute était réel. Les cicatrices que je portais ne disparaîtraient jamais vraiment. Mais ce n'était pas seul. Il y avait une autre partie de moi qui était belle. Souhaitable. Qui a vu une confirmation dans la façon dont mon mec me regardait.

Je me redressai, fier de la façon dont mon corps était lisse contre le cuir frais. Mes courbes n'étaient pas quelque chose à couvrir. J'étais belle.

"Je pense que je vais bien pour le moment." Dis-je en répondant à la question, elle n'a pas vraiment réussi à s'en sortir. J'ai retiré mes cheveux de ma queue de cheval, des boucles sauvages et indomptées rebondissant librement et je les ai jetés par-dessus mon épaule avec une confiance que je n'avais pas besoin de simuler. J'ai regardé Jacob, souriant à la façon dont il me regardait. Il a été impressionné. "Et toi, chérie ?"

Un côté de sa bouche penché vers le haut. "Je n'ai pas besoin de boire."

La préposée s'éloigna précipitamment, fermant le rideau derrière elle.

Jacob me fit signe de venir vers lui, sa voix grave, épaisse comme du sirop et tout aussi douce. "J'ai besoin d'autre chose."

Je me glissai sur ses genoux, passant mes bras autour de son cou. "Et qu'est-ce que c'est ?"

"Toi."

****

Cela n'arrivait pas. Je n'étais pas à 37 000 pieds dans les airs dans un jet privé, à cheval sur ce foutu Jacob Whitmore avec mon téton entre ses dents. Gémissant. Le suppliant de ne pas s'arrêter.

Et il ne l'a pas fait.

Je me suis appuyé sur la chaise, sentant chaque respiration irrégulière qu'il respirait. Les dents étaient découvertes alors qu'il serrait fermement les monticules, les maintenant fermement pendant qu'il les caressait avec sa langue. Les gémissements étaient une évidence, aussi naturels que la respiration alors qu'il agitait le bouton enflé d'avant en arrière avant de gémir et que le son se propage à travers moi. J'avais renoncé à essayer de faire autre chose que de me concentrer sur ce qu'il me faisait ressentir. Je ne me demandais pas si j'étais trop lourd ou si mes gémissements et les sons de lui qui me léchait, me suçait donnaient au personnel une place involontaire au premier rang de l'action. Il n'y avait que le rythme de sa bouche, de ses lèvres et de sa langue, qui me rapprochait de l'arrivée.

Ses lèvres arrondirent la courbe, planant juste au-dessus alors que ses mots flottaient sur mon mamelon. "Dis-moi à quoi tu pensais quand elle est entrée."

J'ai froncé les sourcils. Je ne voulais pas réfléchir. Je voulais ça. Plus de sa bouche. J'ai bombé ma poitrine et il m'a fait un sourire assez chaud et sale pour me faire jouir sur place... puis il a saisi mon mamelon entre ses doigts et l'a serré.

Je grimaçai alors que la douleur traversait la brume du désir, me faisant suffisamment réfléchir pour savoir qu'il était sérieux. Je savais qu'il me voulait. Il était enflé et cognait contre la braguette de son pantalon, comme s'il pouvait me sentir couler juste au-delà de la barrière entre nous. Mais c'était lui qui commandait – et il m'a posé une question.

Plus j'attendais pour répondre, plus son emprise se resserrait.

"À quoi je pensais?" Je sortis tranquillement, les larmes me montant aux yeux et refluant lorsqu'il le relâcha. "Elle s'en prend à tout et ne m'a même pas emmené dîner en premier ?"

Ses lèvres épaisses frémissaient d'amusement, mais ses autres traits aquilins étaient de la pierre ciselée.

"J'étais nerveux, mais ensuite je..." Je m'éloignai, les yeux révulsés dans ma tête tandis que la main qui arrondissait mes fesses écartait mes joues et qu'un seul doigt glissait dans l'espace entre les deux. Pour le moment, je ne pensais même pas clairement. J'étais perdu dans les sons humides de mon désir remplissant le silence.

« Et alors ? dit-il doucement, les yeux brûlants et lourds.

J'ai presque gémi de frustration. Plus que tout, je le voulais juste. "Alors j'ai juste dit merde." J'ai souligné le mot F et je l'ai senti bouger avec approbation. «Je m'en fichais si elle me voyait. Tout ce qui comptait, c'était si tu me voyais.

Il passa sa langue sur sa lèvre inférieure juste au moment où il enfonçait un doigt en moi. J'ai juré que c'était comme s'il était dans ma peau, sachant exactement où appuyer, juste la bonne façon de pomper pour me faire monter en spirale vers l'extase. J'ai combattu l'envie de fermer les yeux et de savourer l'instant présent, le désir de regarder au fond de ses yeux bleus. Ses mots suivants rendirent le choix simple. Mes yeux s'ouvrirent et rencontrèrent les siens, sentant les picotements de l'amour parcourir chaque partie de moi.

«Je te vois Leila. Tu m'as possédé dès notre rencontre. Il baissa la voix sur le timbre profond et sexy de la chambre qui était pour moi et moi seul. "Je veux voir tes yeux rouler dans ta tête pendant que je te fais jouir avec mes mains. Je veux entendre chaque note des gémissements qui tombent de tes lèvres alors que je te prends contre la porte, puis contre le lit, contre le sol. Je veux sentir ton corps fondre autour de moi. Tu m'appartiens, Leila. Et je t'appartiens.

C'était un homme de parole, ajoutant un deuxième doigt et me remplissant si délicieusement qu'il était impossible de garder les yeux sur lui. C'était trop bien, je me sentais trop sauvage et chaque pompe me poussait à bout avant de se tordre, de ralentir ou de changer de rythme et de me ramener en dansant sur l'épingle d'une aiguille. Il m'a laissé rattraper mon retard, m'a laissé sentir comme si j'avais un semblant de contrôle avant que cela ne reprenne et je soufflais, gémissant pour plus même si le plaisir était exaspérant. Il m'a coupé le souffle, mais la respiration n'avait pas d'importance. C'était tout ce qui comptait.

"Ouvrez les yeux et venez me chercher."

Mes paupières se sont ouvertes et tout ce que je pouvais faire était de sentir pendant que je le faisais entrer et sortir. J'étais la somme de mes muscles endoloris et nécessiteux, au diable les autres oreilles. Des étincelles jaillissaient de mes orteils et sortaient de ma bouche dans un rugissement et il était juste là, me regardant comme si j'étais une œuvre d'art se déroulant devant lui.

Et nous n'avions pas fini.

J'ai à peine eu le temps de cligner des yeux ou de me rappeler que nous étions dans un avion et je venais juste assez fort pour être entendu à plusieurs frontières avant qu'il ne me prenne par la main et ne me tire vers l'arrière de la cabine.

Dès qu'il a fermé la porte de la cabine de couchage, j'étais contre. Ses mains agrippaient mes joues tandis que sa bouche agrippait mes lèvres. Son odeur masculine m'entourait, m'excitait, et instantanément j'allais coup pour coup, le serrant contre moi, suçant ses lèvres, me perdant dans son goût.

» Il recula, la voix brûlante de malice. "L'un de nous est considérablement trop habillé."

Mes lèvres se fendirent en un sourire alors que j'agrippais sa boucle de ceinture. "Nous devrions travailler là-dessus."

J'ai soudain eu l'attrait de ces pantalons déchirés. Sa boucle de ceinture était comme un rubik's cube et je voulais juste le déchirer ainsi que tout ce qui nous séparait en lambeaux. Il ôta sa chemise, mais sa moitié inférieure était toujours habillée. Il a jeté un œil à ma frustration et a libéré la ceinture. Il a commencé au vol, mais je l'ai arrêté. "Pas encore."

Il haussa un sourcil jusqu'à ce que je tombe à genoux. Je me léchai les lèvres et posai une main de chaque côté de ses hanches musclées et me dirigeai vers la fermeture éclair. Je l'ai attrapé avec mes dents sans me gêner, mais la chaleur attise toujours mes joues et se propage entre mes cuisses tandis que je l'abaisse. Les deux côtés étaient ouverts, me révélant son aine. Une fine bande de coton foncé entourait son renflement et j'ai senti la chaleur se transformer en flamme alors que je baissais le boxer, toute la longueur de son érection se libérant. C'était beau. De la pointe en forme de champignon à l'impressionnante tige gonflée. Les veines gonflaient sous la peau, le sang l'engorgeait, le sang faisait rage dans mes veines alors que je le prenais dans ma main et m'avançais.

J'ai sucé le bout, ma langue en réclamant chaque contour, aimant la façon dont ses doigts enfilaient mes cheveux et se resserraient lorsque je me concentrais sur le dessous de sa tête. J'ai remplacé ma bouche par ma main et j'ai traîné ma langue le long de sa tige, sans m'arrêter jusqu'à ce que j'atteigne les boucles denses et raides de son aine. Je suis revenu jusqu'à la pointe et j'ai trouvé une nouvelle partie de lui à explorer jusqu'à ce que chaque centimètre soit touché par moi. Je me suis légèrement assis, levant les yeux vers sa face cachée de désir.

"Je te vois aussi," murmurai-je.

Et sur ce, je l'ai pris dans ma bouche, plongeant toute sa longueur entre mes lèvres jusqu'à voir des étoiles. J'ai eu un léger haut-le-cœur et je pouvais le sentir faire une pause, évaluant si je pouvais le prendre. Si j'étais prêt.

Je lui ai répondu en l'emmenant plus loin, et il a poussé un gémissement qui a secoué tout mon corps. Il se balançait dans ma bouche et je pouvais goûter chaque parcelle de son désir pendant que je le suçais.

Je l'ai dévoré.

Sa prise se resserra et je me préparai à son apogée, mais il se retira de mes lèvres à la place.

«Debout», ordonna-t-il d'une voix rauque, les yeux vitreux et dangereux. "J'ai des promesses à tenir."

Je n'ai pas hésité et lui non plus. Il m'a plaqué contre la porte, juste au moment où l'avion rencontrait des turbulences. Il m'a maintenu fermement et pendant un bref instant, mon estomac s'est effondré. Dans un avion régulier, le voyant des ceintures de sécurité aurait clignoté.

"Devrions nous?" Je me suis arrêté quand il m'a repoussé et, d'une manière ou d'une autre, sans perdre pied, j'ai fait sortir mes hanches, ne saisissant que ma jambe. La pièce entière trembla. Mes os tremblaient. Nous aurions dû nous précipiter vers nos sièges, mais son regard m'a dit que la sécurité était la dernière chose qu'il avait en tête.

Quand il s'est enfoncé en moi, à pleine garde, c'était aussi la dernière chose à laquelle je pensais.

Mon Dieu, j'aimais cet homme. Rien d'autre n'avait été aussi doux, aussi sexy. Il n'y avait nulle part où je préférerais être.

L'avion a fait une autre chute, celle-ci prononcée et mon cœur s'est brisé alors que je m'accrochais à lui pour ma chère vie. Il m'a rempli, chaque pore de moi tendu. Il ne pouvait même pas attendre que nous soyons sur des bases solides pour m'avoir et il y avait quelque chose d'incroyablement érotique là-dedans. Mais alors que la cabane tremblait comme si nous étions secoués par Dieu lui-même, j'ai eu peur.

"Jacob—"

"Tu me fais confiance?" Il était toujours en moi, profondément enfoncé dans les couilles, me pressant contre la porte. Il ne se rendait même pas compte du fait que tout ce qui n'était pas fixé tremblait.

"Peut-être que nous devrions—"

"Me fais-tu confiance?"

"Oui," dis-je doucement, sans hésitation. Je l'ai regardé droit dans les yeux, laissant échapper un soupir alors qu'il roulait ses hanches et s'enfonçait plus profondément en moi. "Je te fais confiance Jacob."

"Bien." Il s'est éloigné de moi lentement. À contrecœur. J'ai pensé que nous étions sur le chemin du retour vers la cabine, pour mettre nos ceintures de sécurité avant que le préposé ne commence à crier, nous demandant si nous étions fous. Au lieu de cela, il m'a fait pivoter et m'a repoussé sur le lit. J'ai poussé un cri et j'ai agrippé les draps tandis que l'avion frémissait, me faisant claquer des dents.

J'ai ouvert la bouche, observant son beau physique musclé et j'ai presque tout oublié sauf mon désir jusqu'à ce que l'avion sursaute, me rappelant que nous approchions du danger. J'attendais toujours d'entendre le pilote venir à l'interphone crier : « Mayday ! Au secours!"

Jacob s'avança sur le lit, me dévorant des yeux alors qu'il me saisissait et tirait mon corps vers lui. Je ne savais pas comment il gardait son équilibre et oubliait tout sauf moi, mais j'avais un sérieux débat psychologique et physique. D'un côté, même de légères turbulences m'ont fait flipper et cela dépassait de loin cela. J'avais l'impression que nous étions à quelques instants de reconstituer le pilote "Lost". Mais physiquement, je voulais qu'il revienne en moi. Ma respiration était irrégulière. Ma peau était électrique. J'étais ouverte et dégoulinante pour lui.

"Et si..."

"Et si ?" » coupa-t-il, les muscles se détendant enfin alors qu'il se déplaçait entre mes cuisses, ses traits puissants m'ennuyaient. "Alors je veux t'avoir une dernière fois."

Il a repoussé en moi et je me suis rendu. Le drapeau blanc a été lancé. Il n'y avait rien d'autre que ce sentiment, ce bonheur. Mes ongles lui ont ratissé le dos et ses gémissements ont fait taire tout le reste sauf ça. Nous n'avons pas utilisé de mots. Il n'a pas donné d'ordres. Nous nous sommes perdus l'un dans l'autre comme si c'était notre dernière fois.

Et puis l'avion s'est arrêté. Lisse. Comme le calme après la tempête.

L'interphone au-dessus de nous a pris vie.

"Bonjour les gens. Nous avons rencontré du clapot, mais je pense que nous avons traversé le pire. Désolé pour le dérangement."

J'ai regardé Jacob et j'ai vu un éclair d'inquiétude qu'il a caché avec un petit rire. "Je savais que tout irait bien."

****

Rien n'aurait pu me préparer à l'eau.

J'avais vu des photos, des films se déroulant dans les Caraïbes. L'eau semblait toujours incroyablement claire. Inatteignablement beau. Juste à l'extérieur de la fenêtre du petit avion charter, une eau de couleur turquoise s'étendait à perte de vue. Après les turbulences du jet, je n'ai même pas fait attention à la façon dont le petit avion tremblait lorsque le pilote nous dirigeait vers la piste d'atterrissage de l'île Mustique. J'étais trop occupé à essayer de comprendre que nous étions à des milliers de kilomètres de la ville. Du drame et de toutes les choses qui nous séparaient de Jacob et moi. C'était comme un tout autre monde.

J'ai tendu la main et entrelacé mes doigts entre ceux de Jacob et des papillons ont dansé dans mon ventre lorsqu'il m'a fait un clin d'œil avant de reprendre la conversation sur son portable. Il utilisait son 'Mr. La voix de Whitmore, celle qu'il réservait aux affaires et quand il voulait que les choses soient faites à sa manière – ou bien.

Je suis descendu de l'avion, inspirant profondément tout en admirant l'île. L'île Mustique était une propriété privée et située au centre de Saint-Vincent-et-les Grenadines. Une végétation luxuriante m'entourait, l'odeur des fleurs et des tropiques créant un parfum que je voulais mettre en bouteille et conserver pour toujours. C'était une odeur qui ne ressemblait à rien de ce que j'avais jamais connu. Lorsqu'une Mercedes s'est arrêtée sur la piste et que Jacob a remis à notre pilote plusieurs billets de plusieurs centaines de dollars et que l'homme a à peine bronché, l'odeur de quelque chose d'autre flottait dans l'air : de l'argent.

Moustique était connue pour son exclusivité et comme lieu de vacances pour les riches. Curieux, j'avais consulté le site Web de l'île dans l'avion et, outre deux petits hôtels de charme qui facturaient près de mille dollars la nuit, l'île possédait de vastes villas qui coûtaient autant que certains Américains gagnaient en un an - pour un séjour d'une semaine. .

Il n'y avait rien de manifestement ostentatoire dans la Mercedes qui est venue nous chercher à côté de l'avion ; Je ne me suis pas attaché avec une ceinture de sécurité incrustée de diamants. Mais c'est le fait qu'il n'y avait personne d'autre sur le Strip à part le pilote et quelques passagers de l'aéroport qui m'a rappelé que ce ne seraient pas les vacances de ma mère aux Caraïbes. J'avais l'impression que nous avions toute l'île pour nous seuls.

Ma vie ne serait plus jamais la même. Lorsque la plupart des gens voulaient s'échapper, ils partaient en voyage d'une nuit. Quand j'ai dit que je voulais m'enfuir, mon fiancé nous a mis dans un avion et nous a emmenés dans les Caraïbes.

J'allais avoir mon mariage sur la plage.

"Est-ce que tu vas bien?" » a demandé Jacob, remarquant mon silence.

"Je suis sur une île privée dans les Caraïbes." J'ai fait signe par la fenêtre aux premières personnes que j'avais vues depuis notre atterrissage, un couple de personnes âgées avec un panier de marché et des expressions comme s'ils s'en foutaient du monde. "C'est..." Je m'arrêtai, ma poitrine se serrant.

"Un peu écrasant?" » finit-il pour moi, lisant ma nervosité malgré le sourire que je arborais, montrant littéralement toutes les dents de ma bouche. « C'est normal d'être dépassé. Notre raison de venir ici... » Il s'interrompit et je laissai tomber mon sourire, soudain très conscient du fait que je ne l'aimais pas trop, assimilant toute autre émotion que l'excitation à notre situation.

Un peu hypocrite, hein Lay ? "Tu es nerveux."

Il releva ses lunettes, comme s'il attrapait le masque avant qu'il ne tombe. "Nerveux? Pas exactement." Ses yeux étaient protégés mais je pouvais voir le nerf dans sa mâchoire. « Peut-être légèrement. Mais pas pour faire de toi ma femme. Je veux juste m'assurer que la cérémonie est... digne de vous. Je veux que ce soit quelque chose dont vous vous souviendrez pour le reste de votre vie. Il fit une pause tandis que le téléphone dans sa main sonnait et que sa mâchoire se serrait. "Affectueusement."

J'ai posé ma main sur la sienne avant qu'il ne réponde et j'ai donné son avis au pauvre sapeur à l'autre bout du fil. « Même si le conducteur se mettait sur le côté de la route et que nous nous mariions sur la banquette arrière, j'adorerais ça. Vous avez remué ciel et terre pour m'éloigner de la ville et des paparazzi... »

« ...et de ma mère ? dit-il avec un petit rire.

« Nos mères », ai-je précisé. Bien sûr, s'il y avait des Jeux olympiques d'aggravation, Alicia gagnerait haut la main, mais voir maman me réprimander et me forcer la main n'était pas beaucoup mieux. C'était juste une autre forme de contrôle.

J'ai écarté le bourbier de nerfs qui occupait mon estomac et j'ai regardé directement la seule personne qui en valait la peine. «C'est tout ce que je voulais, Jacob. Tu es tout ce que je voulais.

Son sourire s'approfondit alors qu'il me caressait la joue. "Je t'aime, Leila."

Je me suis rapproché de lui. "Je t'aime aussi." Dès que j'ai fermé les yeux, j'ai commencé à dresser mentalement une liste de toutes les choses que je n'avais pas. Comme une robe. Ou quelqu'un pour me coiffer. Ou des chaussures. Et qu'en est-il de...

J'ai arrêté. Était-ce à cela que ressemblait la nervosité du mariage ? C'était difficile à dire parce que je me demandais si j'appartenais au monde de Jacob depuis qu'il m'avait demandé d'en faire partie. Et je voulais être dans sa vie. Je voulais que ce soit quelque chose dont il se souvienne toujours ; pas le stress ni le besoin d'insulter les douaniers pour s'assurer que le mariage était officiel.

Découper. M'ordonnai-je, en me concentrant sur sa main dans la mienne. Je me concentre sur l'oasis juste devant ma fenêtre. Il vous aime. Tu l'aimes. Tout le reste est statique. J'ai eu des pensées heureuses alors que la voiture gravissait une colline qui surplombait une falaise, l'eau s'écrasant dans le sable. Nous nous sommes garés dans une allée pavée et nous nous sommes arrêtés devant un portail en fer forgé. Le conducteur s'est penché par la fenêtre et a composé le code d'accès et les portes se sont rétractées. Le terrain était escarpé et des branches d'arbres cordées aux feuilles épaisses et touffues masquaient la vue des deux côtés. Il y avait une petite clairière et les pavés se terminaient, menant à un sentier pédestre déchiqueté.

La voiture s'est arrêtée à côté de la plus belle voiturette de golf que j'aie jamais vue. Il m'a fallu une seconde pour réaliser que Jacob voulait que je sorte et je me suis précipité pour le rejoindre, observant le petit véhicule alors qu'il sortait les valises du coffre de la Mercedes. J'ai réalisé que ma première hypothèse était fausse. Elle était un peu trop élégante et ronde pour être une voiturette de golf.

C'était l'une de ces voitures électriques que l'on gardait à l'œil lorsqu'on se garait de manière créative en centre-ville. Mais il s'agissait bien de la Bentley des voitures électriques avec une peinture rouge brillante et des sièges en cuir foncé.

Le chauffeur m'a souri, parlant dans un anglais épais et accentué. « Appelé un mulet. »

"Une mule?" Répondis-je en effleurant mes doigts sur le cadre métallique. "C'est la plus belle mule que j'ai jamais vue."

Je me dirigeai vers une branche basse, aux fleurs rose vif aussi délicates que la brise scintillant au soleil. J'en ai arraché un et l'ai fait tourner entre mon index et mon pouce avant de passer mes cheveux derrière mon oreille et de les poser contre les boucles repoussées. Jacob s'est glissé au volant et je me suis assis sur le siège à côté de lui, agrippant la barre latérale pendant qu'il reculait, puis la petite voiture a grimpé la colline en avant. La bande de tissu censée servir de ceinture de sécurité était ce à quoi je m'accrochais toute ma vie pendant que nous nous dirigeions vers la maison. Mule? La chose ressemblait plus à une voiturette de golf sous stéroïdes.

Cela ne me dérangeait même pas qu'il fasse un petit écart vers la fin, croisant mon regard et captant ma réaction. Je suis sorti de la mule, hésitant alors que je regardais la porte d'entrée ouverte, traversant l'entrée principale et sortant vers la mer.

"Jacob..." Je me suis rapproché, observant le magnifique carrelage qui menait à la maison, les lignes rustiques mais classiques de l'entrée extérieure en bois dur. Il y avait une telle élégance décontractée et vivante, des étagères intégrées aux meubles blancs chics.

L'île était la star du spectacle. Tout était lumineux, luxuriant et tropical. J'avais l'impression d'être au paradis lorsque je suis sorti sur le pont arrière. La piscine de cristal s'ouvrait sur un ciel aussi bleu que l'eau qui coulait à l'horizon.

"Qu'en penses-tu?" Jacob est venu derrière moi, m'enveloppant dans une étreinte chaleureuse alors qu'il m'attirait près de sa poitrine.

"C'est incroyable." J'ai saisi ses bras et j'ai fait une véritable danse joyeuse. "Je n'arrive pas à croire que je suis ici avec toi."

Il se pencha et m'embrassa sur la joue tandis que je sentais une autre partie de lui remuer. "Tu sais la première chose que nous devons faire?"

J'avais une assez bonne idée, mais j'ai fait l'idiot, je me retournais et levais un bras, puis l'autre. "Qu'est ce que c'est?"

Il a balayé mes cheveux en arrière puis a ramené le bout de ses doigts sur mon visage, effleurant ma mâchoire et envoyant des étincelles à travers moi. «Faites nôtre chaque espace de cet endroit.»

Mon souffle était irrégulier, mon corps déjà à bord. C'est à lui de commander. Il pouvait en faire ce qu'il souhaitait.

J'ai réussi à me redresser, à sourciller et à jouer timidement malgré le désir irrésistible de lui sauter dessus. « Toutes les zones de Mustique ? »

Ses yeux brillèrent tandis que le côté de sa bouche se contractait et il baissa ses mains jusqu'à ce qu'elles tombent sur ma braguette. "J'aime l'ambition." Il abaissa la fermeture éclair d'un seul coup. "Et si on commençait par la villa ?"

J'ai tourné ma bouche vers la sienne. Sa bouche était chaude et affamée tandis que je desserrais sa ceinture et m'envolais, reconnaissant que ce ne soit pas un obstacle à vaincre. Tout était plus facile ici, mes angoisses se détendaient et le laissait me déshabiller et il emboîtait le pas. J'ai imaginé un lit à baldaquin avec une moustiquaire luxueuse drapée autour de chaque poteau, mais il ne m'a pas ramené à l'intérieur.

Je l'ai regardé marcher vers le bord de la piscine, statue vivante de muscles et de péché. Je pouvais littéralement le regarder marcher d'avant en arrière, se mettre nu et jouir sans même me toucher. Mais une fois qu'il s'est immergé dans l'eau et m'a jeté un coup d'œil, je savais que cela n'allait pas être si facile... et j'ai dû me forcer à garder mon sang-froid et à ne pas me jeter dans ses bras et faire un boulet de canon dans l'eau.

J'ai adoré la façon dont l'air me touchait. J'ai adoré la façon dont ses yeux se posaient sur moi. Toucher, s'attarder sans lever le petit doigt.

J'ai trouvé mon chemin pour descendre les escaliers. Le poids de l'eau m'enveloppa alors qu'il me prenait la main et m'arrêtait sur la marche du bas.

"Ici."

J'ai froncé les sourcils. "Ici?" Je me mordis la lèvre. "Sur les étapes?" Ses mouvements m'ont répondu alors qu'il me faisait descendre. Mes fesses sont entrées en contact avec la surface glissante et il s'est avancé, m'écartant. Il a tiré sa queue de haut en bas de mon ouverture jusqu'à ce que je me retrouve à soulever mes hanches et à implorer mes yeux.

"Tu me veux en toi."

Il n'y avait aucun moyen de retenir le gémissement lorsqu'il s'enfonça en moi, une seule poussée perçante avant de glisser dehors, tentant à nouveau mon entrée. J'attends ma réponse.

"Oui." J'ai respiré profondément. "J'ai besoin de toi en moi."

Ses yeux étaient aussi bleus et apaisants que l'eau qui bougeait en moi. Peau à peau. Coeur à coeur.

Ses doigts caressèrent ma peau mouillée, tirant sur mes tétons jusqu'à ce qu'il ne puisse plus attendre. Il est entré dans l'eau et a saisi mes fesses, forant plus profondément, plus fort, ses yeux non plus apaisants mais féroces et sauvages.

Il a équilibré mes fesses d'une main, utilisant l'autre pour trouver mon clitoris et a fait tourner son pouce autour de lui lentement et rapidement. La vitesse, ses mains, nos corps construits à un rythme exaspérant.

"Je suis si proche", haletai-je, me cambrant alors que je sentais mes orteils se courber et l'électricité de l'orgasme suffisamment proche pour m'éclairer de la tête aux pieds.

"Viens," dit-il d'une voix épaisse, ses poussées plus exigeantes, son visage se tordant avec sa propre proximité avec le bonheur, tout tendu et sauvage alors que je sentais sa chaleur me remplir.

Paradis. C'était bien plus que cette escapade aux Caraïbes. Le ciel était dans ses bras.

Le ciel était Jacob.

****

"Leïla ?"

J'ai tordu les couvertures, le doux coton égyptien trop parfait pour y renoncer. "Encore cinq minutes, Jacob." Je pensais qu'il serait plus que compréhensif étant donné que c'était la raison pour laquelle j'étais si épuisé en premier lieu.

La piscine n'était qu'un début. Il m'a emmené dans les escaliers, puis contre le côté avec mes jambes sur ses épaules, me montrant que j'étais beaucoup plus flexible que ce que je pensais. Nous étions à peine rentrés à l'intérieur de la maison que j'ai pu voir de près le savoir-faire des carreaux de travertin. Et puis il y avait la vaisselle. De l'eau pleuvait autour de moi sous la pomme de douche à effet pluie - avec sa tête entre mes cuisses.

La pièce devint nette, mais je fermai les yeux. J'ai poussé un gémissement et je me suis retourné dans l'autre sens.

"Leïla ?"

Mes yeux se sont ouverts. Ce n'était pas la voix de Jacob. Je me levai du lit, tirant les draps contre ma poitrine. Je n'étais pas nue face au monde puisque j'avais enfilé un tank à un moment donné de la nuit, mais j'étais suffisamment proche étant donné qu'il y avait une femme étrange debout dans l'embrasure de la porte.

Elle ne semblait pas menaçante, debout sur le pas de la porte avec une tasse à la main. Elle devait mesurer à peine cinq pieds et être petite. Ses traits étaient anguleux et accentués par une coupe de cheveux pageboy et des cheveux blonds blancs. Elle portait un T-shirt Ramones gris chiné, un short en jean coupé et des bottes de cowboy. Elle n'était évidemment pas là pour voler mes vêtements parce que je pouvais dire rien qu'en la regardant qu'elle était plus soucieuse de la mode que ce que ma garde-robe pouvait offrir. Sans oublier que mes vêtements avaleraient toute sa petite silhouette.

Elle haussa un seul sourcil, ses yeux d'un bleu intense me regardant avec méfiance.

J'aurais posé une main sur ma hanche si cela signifiait ne pas ouvrir le couvercle. C'était une intruse. Je ferais tout le flagrant, merci beaucoup.

J'ai fait un pas en avant, en serrant le drap dans mon poing et en essayant de paraître plus menaçant que je ne le ressentais réellement.

"Je ne sais pas qui tu es, mais mon mari..." Je m'arrêtai, surprise par le mot qui sortait de ma bouche si facilement. Au début, je pensais que c'était parce que j'avais peur et que d'une manière ou d'une autre, mari avait l'air mieux que fiancé. Mais c'était si naturel sur ma langue, même si ce n'était pas tout à fait vrai.

La femme se dirigea vers la commode en acajou près de la porte et baissa la tasse. "Je m'appelle Naomi. M. Whitmore est en train de finaliser les plans du mariage." Sa voix avait une mélodie australienne. "Il m'a envoyé ici pour vous montrer les options vestimentaires et vous aider à choisir un bouquet et des cheveux." Les côtés de la bouche de la femme se recourbèrent en signe d'amusement. "Détends-toi. Je suis là pour t'aider." Elle désigna la tasse. "C'est frais." Elle claqua des doigts et sortit un message de sa poche, le laissant tomber à côté du café. "Pourquoi ne te laisserais-tu pas t'habiller et tu pourras me rencontrer dans le salon ? Un de tes amis attend pour discuter en vidéo ? -"

J'ai laissé tomber le drap. "Mégane ?"

Naomi inclina la tête, ses grands yeux pétillants. "Elle m'a dit de vous dire de 'dépêchez-vous pour qu'elle puisse vous crier dessus en personne.'" Elle se tourna pour partir. "Je serai juste dehors."

J'étais encore en train de rattraper mon retard, souriant comme un idiot parce que Megan allait faire partie de ma journée. Je lui ai dit mon nom et que c'était agréable de la rencontrer même s'il était évident qu'elle savait exactement qui j'étais.

Une fois seul, je suis allé vers la commode et j'ai ramassé le message plié, me détendant un peu quand j'ai vu l'écriture de Jacob.

Tous les documents sont arrivés ce matin. Ce soir, je fais de toi ma femme.

Naomi est fortement recommandée.

Je te verrai sur la plage, Lay.

xx Jacob

J'ai porté le message à mon nez, le reniflant comme si je m'attendais à sentir un soupçon de lui. Le simple fait de voir ces mots suffisait à faire briller des étincelles dans ma poitrine.

Je suis allé dans mon sac de voyage, j'en ai sorti un short en coton et un soutien-gorge et je me suis glissé dans quelque chose de présentable en un temps record.J'ai sorti l'un des foulards et l'ai noué autour de ma tête, retenant mes mèches crépues.

J'ai pris le café et j'en ai pris une bonne gorgée avant de sortir dans le couloir. J'ai entendu les bruits matinaux de l'île se mélanger à une voix familière et je suis entré dans la pièce à côté de l'entrée.

Naomi tenait un rang de perles devant l'ordinateur.

"C'est un peu trop formel pour la plage—Leila !"

Naomi s'est écartée et je me suis précipité en avant, serrant presque le moniteur dans mes bras. "Oh mon Dieu, Meg ! C'est comme si tu étais là !"

» Souffla-t-elle, retournant ses cheveux roux avec une fausse contrariété. "J'aimerais bien. Je préférerais de loin être sur une île des Caraïbes plutôt que de corriger ces devoirs, c'est sûr !" Elle a souri, abandonnant la blague et hochant la tête avec approbation lorsque Naomi a proposé une paire de boucles d'oreilles en diamant et les a tenues près de ma tête. C'étaient des clous mais ils captaient toute la lumière de la pièce et brillaient comme des étoiles. "C'est parfait ! Qu'en penses-tu ?"

"Elles sont belles, mais—"

"Naomi, peux-tu lui montrer ma robe préférée ?"

Je me suis retourné tandis que la femme se dirigeait vers un support en métal et le feuilletait jusqu'à ce qu'elle en trouve un avec une étiquette rose à l'arrière.

"Oh wow."

Naomi le tendit pendant que je le prenais. Il avait deux fines bretelles avec un décolleté en cœur. Le corsage balayé d'un côté avec une fine ceinture blanche qui mettait en valeur le tissu aérien. Le bas coulait jusqu'au sol, la mousseline légère et aérée. C'était la robe parfaite pour la plage. Élégant mais fantaisiste. C'était un peu de lui : puissant, riche ; et un peu de moi – indiscipliné et libre.

C'était parfait.

Je l'ai touché tendrement avec mes doigts, caressant le tissu. "C'est toi qui as choisi ça ?"

"J'ai trouvé ça bizarre quand Jacob m'a appelé pour avoir des informations sur le magasin." Quand je me suis retourné vers elle, confus, elle m'a fait un petit sourire. "Oui, je les ai choisis. Eh bien, moi et ta mère. Nous allions vous les montrer lors du rendez-vous shopping la semaine prochaine. "

J'ai baissé la tête d'un air coupable. Je leur avais volé le moment. Du souvenir. " Je suis vraiment désolée Megan. Et maman..."

Elle leva la main. "N'ose pas t'excuser ! Nous sommes tellement fiers de toi pour avoir fait quelque chose qui te rend heureuse. C'est ta journée, Leila."

J'ai senti les larmes me piquer les yeux alors je me suis raclé la gorge. "J'aimerais toujours que tu sois là."

"Moi aussi." Dit-elle en attisant ses propres larmes. « Si ça peut te faire sentir mieux, ça n'aurait pas marché de toute façon. Scott a commencé à avoir des ennuis avec notre patron et... » Elle s'arrêta, secouant la tête comme si elle effaçait une image terrible. "Tu sais quoi ? Il ne s'agit pas de moi. Pas aujourd'hui."

Je voulais savoir ce qui se passait avec Scott, mais quelque chose dans la façon dont ses yeux brillaient me disait qu'elle ne voulait pas en parler. Comme si elle pouvait sentir la tension, Naomi est arrivée derrière moi.

"Et ses cheveux ?" Naomi m'a regardé et m'a lancé un regard pensif. "Puis-je ?"

J'ai retiré l'écharpe, pas sûr qu'elle sache dans quoi elle s'embarquait. "Bonne chance."

Elle l'a tiré en queue de cheval basse. "Un chignon serait joli." Elle l'a libéré. "Ou quelque chose à moitié haut et à moitié bas ?"

Megan se tapota le menton du doigt. "Et si tu faisais quelque chose avec des tresses ou des torsions avec tout ça ?"

Je lui lançai un regard sceptique.

"Allez-y." Megan regarda Naomi. "Je vois deux tresses de chaque côté allant vers l'arrière et de douces boucles coulant dans son dos."

Naomi se tourna vers moi, plissant les yeux alors qu'elle m'étudiait, comme si elle l'imaginait avant d'acquiescer, lentement, puis avec plus d'enthousiasme. "Ce sera magnifique !"

Je n'étais toujours pas complètement convaincu, mais je pensais que tout serait mieux que le désordre crépu que j'avais en ce moment.

"Je vais vous donner du temps seuls", dit Naomi en relâchant mes cheveux et en s'écartant. « As-tu besoin de quelque chose avant que je rassemble les affaires pour ce soir ?

J'ai secoué la tête et elle et Megan se sont dit au revoir avant que nous soyons seuls dans la pièce.

"Île privée, serviteurs, vous vivez la vie, Lay," la taquina-t-elle, les yeux verts brillants.

"J'ai encore la tête qui tourne", ris-je, tirant une chaise et m'effondrant avec un soupir. "Je n'arrive pas à croire que je me marie ce soir." Je me mordis la lèvre, les larmes revenant. "Et mon meilleur ami au monde ne sera pas là."

C'était presque ironique de la pire des manières. À chaque titre sur l'événement que la presse inventait « l'affaire Whitmore », je grimaçais, priant pour que quelque chose se produise et y mette un terme. S'enfuir avec Jacob était quelque chose que je ne pensais même pas être une option – et le regard triste sur le visage de Megan suffisait à me rappeler que m'enfuir avec l'homme de mes rêves avait un prix.

J'ai tiré sur une boucle floue, Je ne regardais pas l'écran car il y avait fort à parier que je me mettrais à sangloter de manière incontrôlable.

"On dirait que je vais rompre ma promesse."

"Quelle promesse ?" elle renifla.

"Tu es à mes côtés le jour de mon mariage," dis-je doucement, une larme se libérant et coulant sur ma joue.

"Regarde-moi, Leila."

J'ai balayé la larme et j'ai levé les yeux vers son visage taché de larmes.

"Je serai à côté de toi."

J'ai fait une grimace. "Ouais, ouais, en esprit."

"Vous voyez cette boîte blanche près du support ? Sur la petite étagère ?"

Je quittai le bureau et me dirigeai vers la bibliothèque, une seule boîte blanche avec un nœud en ivoire posée sur un exemplaire relié en cuir de Grandes Espérances.

Je l'ai ramassé, j'ai soulevé le couvercle et j'ai poussé un petit halètement, mon cœur se gonflant dans ma poitrine. À l'intérieur, sur un lit de coton, se trouvait un cercle de maillons dorés, une fine bande de tissu blanc et blush enroulée sur toute sa longueur.

Je l'ai sorti et l'ai passé autour de mon poignet. "Megan... c'est magnifique."

"J'en suis moi-même un grand fan."

J'étais prêt à lui tirer la langue jusqu'à ce que je regarde l'écran et la voie lever son propre poignet. Elle portait le même bracelet.

Mon visage tout entier frémit d'émotion alors que je portais ma main à ma bouche, sans même prendre la peine de prétendre que mon visage ne fondait pas. "C'est... comme... le..."

"Le bracelet d'amitié le plus mignon de tous les temps ?" Termina-t-elle entre deux larmes.

J'ai hoché la tête, le regardant à nouveau, puis de nouveau vers elle. "Ce n'est pas la même chose que ta présence ici, mais cela signifie plus pour moi que je ne peux même le dire."

Elle a utilisé son t-shirt pour s'essuyer les yeux. "Tu vas être absolument magnifique."

Je me suis mordu la lèvre inférieure. "Ouais?"

"Bon sang ouais." Elle releva ses cheveux, son visage devenant sérieux. "J'ai déjà informé Jacob que milliardaire ou non, je le blesserai gravement s'il te brise le cœur."

"Est-ce correct?" J'ai ri en me rasseyant.

Elle m'a fait un signe de tête solennel avant d'éclater de rire. « Je ferais mieux d'aller me préparer pour l'école. Appelle-moi dès ton retour aux États-Unis, d'accord ?

Je l'ai saluée et j'ai regardé l'écran vide pendant quelques minutes après qu'elle ait signé avant d'admirer le bracelet. Essuyant quelques larmes de joie qui coulaient sur ma joue, je retournai au portant où était accrochée ma robe.

La robe que je porterais quand je deviendrais Mme Whitmore.

****

Je me tenais devant le grand miroir et je pouvais à peine me reconnaître. Mes yeux balayèrent le sol, sur les couches brillantes de la mousseline, mes doigts guidant le chemin jusqu'à ce que je m'arrête au niveau de la ceinture, inspirant pendant que Naomi faisait un lent cercle autour de moi, rentrant et lissant.

"Ça se passe vraiment", dis-je doucement, des papillons battant dans mon estomac. Mes joues étaient rouges et mes mains étaient moites de sueur. "Je vais vraiment me marier." Je m'arrêtai devant mes lèvres, portant presque ma main à ma bouche avant de réaliser que j'aurais maculé le beau travail que Naomi avait fait. Toute la joie et l'excitation que je ressentais transparaissaient dans l'éclat de mes joues. Mes yeux bruns étaient rehaussés et riches. Mes lèvres étaient luxuriantes avec juste ce qu'il fallait de gloss pour me faire trembler alors que je me demandais ce que ce serait de l'embrasser après l'échange de nos vœux.

Être sa femme.

J'ai senti les larmes revenir et Naomi a gloussé la langue avec désapprobation. "Ne pleure pas! Vous allez gâcher mon travail, » réprimanda-t-elle, mais même son froncement de sourcils ne pouvait cacher l'ombre d'un sourire. Elle est revenue vers moi avec un petit bouquet de fleurs roses tropicales. "De l'hibiscus pour vos cheveux."

Je me suis retourné vers le miroir, m'abaissant pour que la petite femme ait un meilleur accès à mes cheveux. Je ne pouvais pas me remettre de la façon dont elle faisait fonctionner les tresses avec mes boucles sans que je ressemble à un désastre. Elle avait divisé le devant de mes cheveux en quatre sections et, après avoir apprivoisé les touffes raides, les avait tressées en queue de poisson. Ensuite, elle a connecté chaque brin et l'a épinglé vers l'arrière. Quand elle eut fini, mes cheveux étaient lisses sur le devant, les tresses faisant office de bandeau avec quelques mèches libres descendant le long de mes épaules. Le dos était conditionné et élastique au lieu d'être crépu et poofy. Elle avait raison sur la façon dont cela allierait décontracté et élégant. Il capturait l'ambiance détendue de l'île, mais l'ordre et les boucles douces le rendaient sophistiqué.

Je suis resté immobile pendant qu'elle épinglait les fleurs de manière stratégique, me donnant une touche de couleur qui unifiait l'ensemble du look. Quand elle eut fini, elle recula.

"Qu'en penses-tu?"

Je me suis retourné vers le miroir, trouvant de nouvelles choses à aimer. "Ça a l'air incroyable." Mes doigts planaient au-dessus des fleurs. "Tout est si parfait."

Elle m'a étudié pendant une minute, croisant les bras. « Il reste une chose à faire. C'est un appel à faire – mais je veux que vous le fassiez seulement si vous le souhaitez, et non par sentiment d'obligation ou de devoir.

Mon front se plissa alors que je la regardais dans le miroir. "Quoi?"

Elle est revenue en avant, ses yeux bleu argenté sur mes cheveux alors qu'elle s'affairait sur une boucle.

« La plupart des gens qui viennent ici tentent de s'échapper. » Ses traits peints se craquelaient légèrement, ses lèvres tremblaient, ses yeux papillonnaient rapidement comme si elle retenait ses larmes. "Cet endroit peut vous donner l'impression qu'il n'y a pas de monde en dehors des arbres, des plages et de l'eau." Elle se regardait dans le miroir, mais je pouvais dire que ce n'était pas son reflet qu'elle voyait. Elle était à des millions de kilomètres d'elle, en train de rejouer sa propre histoire. J'ai penché la tête sur le côté, étudiant la jolie fille qui aurait dû promettre une sororité, briser les cœurs, écrire des articles sur Marx et bachoter pour des examens. Au lieu de cela, elle était l'assistante personnelle et la styliste des riches vacanciers et des mariées qui parcouraient l'île à vélo.

Elle a dû se rendre compte que je la regardais parce qu'elle a secoué la tête et a affiché un sourire éclatant qui a réussi à contourner ses yeux. "Je vous ai entendu, vous et votre ami, et j'ai eu l'impression que votre mère et votre belle-mère vous stressaient à cause du mariage."

Maintenant que j'étais assis là, à des millions de kilomètres de là, tout ce drame me semblait exagéré. Je rougis, baissant mon regard sur mes genoux. "Je suppose que toutes les mères sont autoritaires, cela fait un peu partie du territoire."

"Pas toutes les mères."

Mes yeux se sont levés et le sourire de Naomi s'est estompé.

« Quoi qu'il en soit, ton amie m'a dit de m'excuser pour elle, mais ta mère a découvert qu'elle avait été en contact avec toi et lui a dit de te passer un message. Ta mère veut te parler avant la cérémonie. Elle se mordit la lèvre d'un air coupable. "J'aurais probablement dû avoir cette conversation avec toi avant de me maquiller. Elle m'a lancé un regard inquiet. « Tu pourrais toujours l'appeler plus tard. Ou pas du tout. C'est à vous."

J'ai regardé son téléphone fixe, sentant la tension dans ma poitrine. Allait-elle me crier dessus pour avoir quitté le pays sans un mot ? Malgré son attitude enthousiaste à l'idée que je fasse enfin ce qui me rendait heureuse, on ne pouvait nier qu'elle avait tendance à vouloir que je m'affirme selon ses conditions. Je soupçonnais qu'elle ne m'aurait pas poussé à parler en mon nom si elle avait su que cela entraînerait la fuite des mariés vers les Caraïbes.

Naomi a glissé le téléphone. "Nous pourrons tout à fait le faire après..."

"Attendez."

Je me suis tordu les mains et je me suis souvenu du moment dans la voiture où maman était vulnérable et m'a dit qu'elle se sentait exclue. Qu'elle voulait juste faire partie de ma journée. Elle pouvait être un peu trop et parfois elle me donnait envie de m'arracher les cheveux, mais elle était toujours ma mère et je l'aimais.

J'ai pris le téléphone et Naomi a quitté la pièce sans un autre mot, fermant la porte avec un clic sourd.

J'ai composé le code de l'île et j'ai composé le numéro de ma mère, portant le téléphone à mon oreille. Il a sonné un nombre incalculable de fois et j'ai retenu mon souffle, sûr d'entendre le message vocal. Soyez libéré du crochet.

J'ai saisi l'accoudoir alors que les anneaux s'arrêtaient et j'ai entendu sa voix. "Bonjour ?"

"Maman ?"

La ligne est devenue silencieuse et je l'ai presque retirée de mon oreille pour voir si elle était toujours connectée.

"Salut ma chérie," dit-elle finalement, sa voix incertaine. "Comment vas-tu ?"

Les larmes me sont montées aux yeux et j'ai été submergée par l'émotion. "Je me marie."

"C'est ce que j'entends." elle a ri. Aucun de nous n'a rien dit pendant un instant et je l'ai simplement écouté respirer, l'imaginant debout près du mur de la cuisine, enroulant le cordon téléphonique autour de son doigt.

"Je n'ai jamais eu l'intention de te pousser à propos du mariage, Leila."

Mon cœur se serra dans un poing. "Tu ne l'as pas fait ?"

«Je ne pouvais tout simplement pas supporter que cette femme vous embête avec la cérémonie», a-t-elle poursuivi. Elle laissa échapper un autre soupir, plein de tristesse et de regret. "J'ai essayé de t'aider et j'ai fini par te mettre en colère aussi."

"C'est bon, maman," dis-je faiblement. "Vraiment."

"Non ce n'est pas. Je suis plutôt autoritaire. Elle renifla. " Bon sang, je suis autoritaire maintenant et je ne te laisse même pas finir une phrase. " Elle était silencieuse, me donnant la parole pour enfin parler, mais je ne savais pas trop quoi dire.

"Quand tu étais petite, tu venais me voir et me racontais comment les filles de ta classe s'en prenaient à toi."

Je me rassis sur ma chaise, un froncement de sourcils tirant les côtés de ma bouche vers le bas. Une enfance marquée par l'intimidation et la réaction de ma mère de « tendre l'autre joue » étaient la dernière chose à laquelle je voulais penser.

«Ça m'a brisé le cœur de voir à quel point tu étais blessé. De vous voir douter de vous et vous demander si ce que disent ces petits monstres est vrai. Et j'ai réfléchi à la façon de vous dire de les gérer.

Sa réponse avait toujours été pacifiste, avec des bâtons, des pierres, etc. Le genre d'approche « Ignorez-les » de quelqu'un qui n'a jamais eu à faire face à des intimidateurs qui les attaquent, jour après jour.

J'étais sur le point de pleurer encore une fois, et non des larmes de bonheur.

Cet appel était une énorme erreur. "Maman, j'aurais probablement dû..."

"J'aurais dû te dire de te battre."

Ma bouche est restée ouverte. « Quoi ? »

« Ne pas les abattre, car cela aurait ouvert un tout nouveau monde de problèmes. Je mentirais si je disais que je n'obtiendrais aucune satisfaction à sonner leurs petits cous maigres. Elle s'éclaircit la gorge, s'énervant.

Cela me réchauffa le visage, un sourire s'inscrivant pour remplacer le froncement de sourcils. Elle ne l'avait pas simplement ignoré. Elle s'en souciait, pendant tout ce temps.

«J'aurais dû vous dire de vous défendre», a-t-elle poursuivi. «Pour les regarder droit en face et leur dire que vous étiez belle et gentille et qu'un jour, vous alliez faire des choses incroyables. Comme terminer premier de vos classes de fin d'études secondaires et universitaires avec un programme complet de clubs et de sociétés d'honneur à votre actif. Que vous obtiendriez l'emploi de vos rêves, que vous travailleriez avec des actrices comme Rachel Laraby et que vous sauveriez la vie de jeunes stars aussi perdues que vous l'étiez autrefois. Qu'un jour tu tomberais amoureux d'un milliardaire et que son amour pour toi serait si grand qu'il brillerait sur toutes les photos.

Les larmes coulaient les unes après les autres alors que je tenais le téléphone.

"Ne t'excuse jamais de t'être défendu, Leila," renifla-t-elle. "Parce que je ne pourrais pas être plus fier de toi." Elle laissa échapper un rire épais, chaque note recouverte de larmes. "J'espère que je ne gâche pas ton maquillage."

J'ai évité le miroir en souriant. « Cela n'a pas d'importance pour le moment. Je t'aime maman."

«Je t'aime aussi, chérie. Maintenant, va épouser cet homme et donne-moi beaucoup de petits-bébés.

****

Le ciel était un tourbillon d'ébène et de charbon de bois alors que Naomi arrêtait la mule devant le pont de bois qui m'emmènerait sur le sable où Jacob attendait.

Je me tournai vers elle, ressentant une poussée d'excitation qui fit battre mon cœur et assécher ma bouche.

"A quoi je ressemble ?"

Elle a réparé une boucle et m'a fait un grand sourire. "Fantastique, bien sûr."

Je lui ai adressé un sourire hésitant. "Merci encore. Pour tout."

Je suis sorti du petit véhicule et j'ai fait quelques pas avant de m'arrêter et de faire demi-tour, la panique me serrant à la gorge. Elle m'a levé le pouce et je me suis détendu un peu, avalant le nœud de la taille d'un golf logé dans ma gorge.

Cela se passait réellement.

Je vais vraiment me marier.

J'ai progressé étape par étape, en me souvenant de tout ce qui m'a amené dans ce bel endroit. Je suis tombé sur Jacob Whitmore sur le chemin de mon entretien. J'ai parlé puis réalisé avec horreur que je venais de donner la lèvre au patron. Je l'ai suivi dans le couloir et j'ai réalisé qu'il n'avait pas l'intention de me donner une interview.

Je me mordis la lèvre, la chaleur de tous ces sentiments remontant à la surface. Je ne savais pas que ce rendez-vous mènerait au contrat. Et que signer le contrat avec lequel Jacob tenait les gens à distance aurait l'effet inverse et je tomberais amoureuse de lui. Et il tomberait amoureux de moi.

J'étais presque hors du pont et je pouvais voir la lueur chaude des torches tiki près de l'eau. Une tente blanche et transparente s'élevait sur le sable, le tissu flottant au gré de la brise. J'ai distingué les contours de Jacob et d'un autre personnage, en supposant qu'il s'agissait de l'officiant.

La personne qui ferait de moi sa femme. Cela ferait de Jacob mon mari.

Nous sommes allés si loin et avons bravé tant d'obstacles. Démolir le mur que Jacob a construit pour éviter d'être blessé. Ma conscience de moi et mon doute qu'un homme comme lui puisse un jour vivre heureux pour toujours avec moi. Même celle dont on ne prononcera pas le nom – le destin ne nous a pas rendu la tâche facile et il y a eu des moments où je me suis demandé si nous y arriverions. Mais nous l'avons fait. Il m'attendait.

J'ai marché sur le sable, la terre grossière se pressant entre mes orteils. J'ai agrippé l'ourlet et je l'ai remonté alors que j'essayais de manœuvrer vers lui et que je me déplaçais plus lentement, coulant et luttant contre le vent et le sable épais. L'image de moi glissant vers lui comme un magnifique mirage a été rapidement remplacée par la réalité d'une mariée en sueur, agitée et au visage rouge. Quand je me suis rapproché et que je l'ai vu me regarder comme s'il ne voyait pas la frustration ou les taches, tout est devenu noir, sauf lui. Ses cheveux sombres au vent, sa chemise en lin blanc et son pantalon marron clair. Le regard de pure adoration sur son visage et quand je me suis rapproché et lui ai pris la main, l'éclat vitreux des larmes dans ses yeux.

"Tu es la plus belle chose que j'ai jamais vue," dit-il doucement, en tenant fermement ma main alors que ses lèvres se courbaient en un sourire.

Je me suis rapproché, respirant sa chaleur. Son amour. Je levai les yeux vers lui, lui faisant un sourire narquois. "Vous n'êtes pas trop mal vous-même, M. Whitmore."

Ses yeux d'un bleu profond devinrent sérieux, fouillant les miens. "Es-tu prêt ?"

J'ai posé une main sur sa joue, regardant dans les yeux qui me connaissaient. Cela m'a aimé. "Je suis prêt."

L'homme qui devait nous épouser s'est levé, affichant un sourire éclatant qui brillait comme le haut de sa tête alors qu'il nous serrait la main. "Je m'appelle Scott Douglas." Son accent britannique était épais et accueillant. "Merci de m'avoir fait participer à votre journée. Allons-nous commencer ?"

Nous avons dépassé la chaleur des torches, les flammes se déplaçant d'avant en arrière, créant des ombres sur le sable blanc et frais. La tente était suffisamment transparente pour voir les étoiles scintiller dans le ciel nocturne sombre. Des fleurs tropicales parfumées bordaient le sol autour de nous. C'était comme si nous étions dans notre propre coin d'Eden.

Jacob et moi étions côte à côte, Scott passant au premier plan.

« Je suis ministre depuis quinze ans, voyageant dans les différentes îles des Caraïbes et célébrant des cérémonies de mariage.

Je peux vous dire que M. Whitmore m'a fourni une première intéressante. Il est venu me voir avant la cérémonie et m'a dit que cela devait être parfait, sinon il aurait ma tête.

Je secouai la tête, souriant à Jacob. Il avait menacé le pauvre homme ?

Scott laissa échapper un petit rire qui fit assombrir les joues de Jacob. « Ne le juge pas trop durement. Il voulait voir grandir, il s'est détendu et a clarifié. Il m'a dit qu'il n'aurait jamais pensé trouver l'amour. Mais ensuite il t'a trouvée, Leila. vous montrant à quel point votre amour est précieux... à partir d'aujourd'hui.

J'ai regardé Jacob, rougissant furieusement. "Comme c'est romantique."

Lorsqu'il croisa mon regard, un sourire éclata sur ses lèvres. "Je peux être romantique si j'ai la bonne inspiration."

Je n'en doutais pas. La plage, les bougies, la tente, les fleurs - il avait tout géré.

Scott rayonnait. "On m'a dit que tu aimerais échanger tes propres vœux."

Nous hochâmes tous les deux la tête et nous tournâmes face à face, main dans la main.

Jacob fit un clin d'œil, me tenant fermement la main. "Les dames d'abord."

Les nerfs que j'avais oubliés sont revenus et mes mains ont commencé à trembler. Tu aurais dû l'écrire. Je ne me le pardonnerais jamais si mes vœux étaient à quatre-vingts pour cent. Mais plus je le regardais dans les yeux, plus je me sentais confiant. Je n'avais pas besoin d'un script. Je connaissais les mots à dire.

"Tu es la meilleure surprise qui soit", son visage s'éclaira. «Le premier jour où nous nous sommes rencontrés, j'ai été vraiment choqué quand le gars qui a failli me frapper sur le derrière était toi. Et tu n'arrêtais pas de me surprendre, n'ayant rien à voir avec la personne que tu montres au monde.

Je suis tombée amoureuse de ta passion, des beaux moments de vulnérabilité où je vois le Jacob que personne d'autre ne connaît. Mais c'est plus que voir le vrai soi. Vous voyez le vrai moi. Et quand tu m'as demandé de t'épouser... » Ma voix s'est brisée et j'ai laissé les larmes qui me montaient aux yeux couler sur mes joues. «Tu es l'amour de ma vie, Jacob. J'ai hâte d'être ta femme et de vivre notre vie incroyable ensemble, un beau moment à la fois.

Il m'a attiré, les lèvres pressées contre les miennes, des étincelles jaillissant alors qu'il me surprenait à nouveau, sans même attendre que le ministre le lui demande.

Nos lèvres se séparèrent, mais sa bouche restait proche de la mienne, son front pressé contre le mien. La terre s'est arrêtée de tourner pour nous pendant un moment délicieux, tout s'est arrêté sauf mon pouls qui s'emballait et la connaissance indéniable que j'aimais Jacob Whitmore plus que tout au monde.

Scott gargouilla sa gorge, nous rappelant que la cérémonie n'était pas tout à fait terminée. S'il attendait des excuses de Jacob ou un regard maussade où il reconnaissait qu'il avait enfreint une sorte de règle d'étiquette, il n'en avait pas besoin.

Jacob se leva, offrant à l'homme un haussement d'épaules. "Je ne pouvais tout simplement pas attendre."

Scott sourit et lui fit un signe de tête.

"Je ne pense pas avoir réalisé que j'écrivais mes vœux depuis que je t'ai rencontré jusqu'à ce que je m'asseye pour écrire mes vœux," commença Jacob, sa voix grave aussi apaisante que l'eau s'écrasant dans le sable. «C'est drôle que tu m'as appelé 'la meilleure surprise' parce que tu m'as émerveillé et surpris depuis ce jour dans le hall. Ce n'est pas une tâche facile, cela me fait faire une double prise, me fait remettre en question mon avenir et la façon dont je veux le dépenser. Son pouce caressa ma main tandis qu'il continuait. « Vous avez un tel feu. Tu ne me laisserais pas vivre une vie sans toi. Depuis ce premier baiser, ce n'était même plus une option. Tu es mon avenir, Leila. Tu es mon tout.

Nous avons vécu beaucoup de choses ensemble. J'ai beaucoup résisté, toi et moi. Il effleura les courbes de mon bras du bout des doigts, faisant courir la chair de poule de haut en bas. « Sache juste que tu es la chose la plus importante pour moi. Tu es mon meilleur ami et mon partenaire. Et tu m'as offert le plus beau cadeau, le plus bel amour qu'on puisse demander.

Je n'avais pas seulement affaire à une ou deux larmes conservatrices. Mon robinet interne était ouvert à plein régime, des larmes de bonheur coulaient sur mon visage alors que je le serrais, me sentant étourdi, ayant l'impression d'être au sommet du monde.

"De beaux vœux," murmura Scott. « Les gens recherchent toute leur vie ce que vous avez à la pelle. Chérissons-nous les uns les autres. Chérissez chaque instant.

Je me léchai les lèvres, regardant Jacob dans les yeux, jurant d'avoir vu tout ce qui était parfait dans ce monde briller dans le bleu.

"Par le pouvoir qui m'est conféré, je sais que vous êtes mari et femme."

J'ai poussé un cri alors que Jacob me plongeait, le deuxième baiser arrachant tout l'air de mes poumons. Il m'a tout donné de ses lèvres, me promettant une vie de belles surprises. Aimer et ne jamais s'ennuyer dans la chambre.

###

Don't miss out!

Visit the website below and you can sign up to receive emails whenever Père Lolo publishes a new book. There's no charge and no obligation.

https://books2read.com/r/B-A-WAWIB-QKFID

BOOKS 2 READ

Connecting independent readers to independent writers.

Did you love *L'éternité du Milliardaire*? Then you should read *Réclamer sa Propriété*[1] by Père Lolo!

"Réclamer sa propriété" est un captivant roman qui explore les thèmes de l'ambition, de la famille et de la passion inattendue.

L'histoire suit Skylar, une jeune femme déterminée qui rêve d'une vie meilleure malgré les critiques constantes de sa riche tante, Béatrice. Lors d'une visite, Skylar rencontre Cade, un ouvrier mystérieux, et une étincelle instantanée se produit. Alors que l'histoire se déroule, les secrets émergent, révélant les manipulations de Béatrice et la lutte de Skylar pour s'en libérer.

"Réclamer sa propriété" est un récit captivant de découverte de soi, de désir et de la poursuite de son destin, offrant aux lecteurs un voyage

---

1. https://books2read.com/u/mYz07V

2. https://books2read.com/u/mYz07V

fascinant dans le monde complexe des relations familiales et de la passion inattendue

Also by Père Lolo

Échos de passion
Une épouse pour un milliardaire
Le Passager Clandestin
Mauvais avec l'amour
Steve du Nouvel An
Ma Violente Valentine
La Déesse de l'île
Réclamer sa Propriété
3 fois plus de chaleur
3 fois plus de chaleur
Jaune
L'éternité du Milliardaire
Attendre pour toujours
Celui qui s'est enfui
La Caresse du Milliardaire